Frédérique Dufort

MISS Parfaite

Kennes

Kennes
Éditeur
de coups de cœur

Retrouvez-nous sur www.kenneseditions.com

Rejoignez-nous sur notre page Facebook : www.facebook.com/KennesEditions

Suivez-nous sur notre compte Instagram : kenneseditions

Publié avec les autorisations des Éditions Boomerang éditeur jeunesse inc., Québec, Canada

Auteure : Frédérique Dufort
Illustration de la couverture : Solène Debiès
Conception graphique et mise en pages : Karine Côté
Illustrations intérieures : Manuella Côté et Shutterstock.com

Rue de la Blanche Borne 15
6280 Gerpinnes (Loverval) – Belgique

Adaptation : Anaïs Herbage

Dépôt légal : mars 2021 – D/2021/13.105/32

ISBN : 978-2-3807-5129-1
NUART : 68-3037-6

Imprimé en Europe

— ★ —

Si on faisait le film de ma vie
en se basant sur les péripéties
qui me sont arrivées dans les deux
premiers tomes, ce serait
clairement une comédie.
Que ce soit mon premier baiser
(avec la colonne à l'école),
mon sens du *timing* (pour texter
les mauvaises personnes au mauvais
moment) ou cette façon que
j'ai d'attirer l'attention (alors que
j'aimerais plutôt avoir une cape
d'invisibilité), il y a trop de
rebondissements improbables
(aux glissades du carnaval d'hiver
il y a quelques semaines, mais aussi
dans ma vie sociale) pour une seule
personne en si peu de temps.

— ★ —

— ★ —

Après avoir visionné le film,
les critiques se diraient assurément que
le scénario est **tiré par les cheveux**
(surtout si c'est Milan qui te les démêle,
comme il a fait avec les miens).

Trop, c'est comme pas assez.

Est-ce que je vais devoir me mettre
tout le monde à dos (ou causer d'autres
catastrophes, comme l'avalanche
que j'avais accidentellement provoquée
dans les escaliers) pour me débarrasser
de mon étiquette de
Miss Parfaite ?!

— ★ —

Chapitre 1

PATÎNE, PATÎNE !

—On est arrivés, ma chouette, me dit mon père.

J'ouvre les yeux au moment où il se gare dans l'entrée de la maison. Le trajet n'a duré qu'une vingtaine de minutes, mais j'ai eu le temps de m'assoupir et de faire un sacré cauchemar : *je venais de déclarer la guerre à tous ceux que j'aimais.*

…

On n'est pas si loin de la réalité finalement.

Jean-Philippe (alias J-P, mon presque grand frère), ma sœur Coralie et maintenant mon amie Sophie. Je suis bonne pour m'isoler, ces temps-ci.

J'ai le cœur gros lorsque je sors de l'auto. Mon papa, homme incroyable qu'il est (même si je me permets de rire de lui et de le trouver fatigant de temps en temps) passe son bras autour de mes épaules et me guide tranquillement vers la porte d'entrée.

Ma mère, aussi excessive qu'à son habitude, nous guettait à la fenêtre. Elle ouvre la porte à la volée et me prend dans ses bras avant même que je puisse dire quoi que ce soit. Pour une fois, je ne m'en plains pas.

Alors que je suis toujours dans l'étreinte de ma maman, mon père me retire mes bottes, comme lorsque j'étais enfant. Je me laisse guider jusqu'au salon, lovée dans les bras de ma mère qui m'enlève doucement mon manteau et me chuchote les mots rassurants dont j'ai besoin en ce moment.

— Ça va aller, ma chouette, me dit-elle en nous installant sur le divan près de la cheminée.

Elle couche ma tête sur ses genoux et me parle d'une voix qui m'apaise.

— Je ne sais pas ce qui s'est passé avec ta sœur, mais on va avoir une grosse discussion avec elle dès demain matin. L'important, c'est que tu n'es pas blessée et que tout va bien.

— Elle peut être tellement méchante, des fois… dis-je en soupirant.

— Pas besoin de tout nous raconter ce soir, on s'en reparlera demain, OK? me répond ma maman en passant sa main dans mes cheveux.

— Je n'ai plus envie de parler d'elle… de toute façon, elle me déteste et pense que je suis juste une petite conne. À côté d'elle, c'est vrai que je suis totalement nulle. Elle est toujours tellement parfaite…

— Maya Filion, il est hors de question que je te laisse parler de toi-même comme ça, s'insurge mon père.

— C'est pas moi qui l'ai dit…

Mon père et ma mère prennent tous les deux leur air de « ça va chauffer ».

— *Pardon ?* C'est encore plus inacceptable si ces paroles sont venues de ta sœur. On est plus que mûrs pour avoir une conversation avec notre plus vieille. Ce n'est pas comme ça qu'on vous a élevées.

⇨ Bon, j'avoue que j'ai « omis »
de leur dire que moi aussi, j'avais été bête
et méchante, mais pour être honnête,
j'ai juste dit ce que j'avais sur le cœur.

⇨ Et il y en a BEAUCOUP en ce moment sur mon petit cœur. Alors, que j'en voie un essayer de me faire sentir coupable avec ça! 

⇨ PERSONNE NE ME COMPREND. TOUT LE MONDE DIT M'AIMER, **MAIS TOUT LE MONDE ME DÉTESTE!**

Eh bien moi, je hais ma vie!!! !!!

⇨ Sur ce, bonne nuit.

Je me réveille dans mon lit. Clairement, mes parents m'ont laissée dormir plus longtemps que d'habitude, car le soleil est haut dans le ciel et essaie de se faufiler à travers mes rideaux encore fermés.

⇨ Mon père déteste que nous fassions la grasse matinée, il dit que l'avenir appartient à ceux qui se lèvent tôt.

⇨ Il trouve ça comique de venir ouvrir nos rideaux à 8h en chantant des chansons... 8h du matin,
⟶ LE WEEK-END

Je me lève et traîne les pieds jusqu'à la cuisine où mes parents m'accueillent chaleureusement avec mon petit-déjeuner préféré : des crêpes au cheddar et aux pommes caramélisées, comme ma grand-maman avait l'habitude de m'en faire quand j'étais petite.

— Bonjour, ma chériiiiie, chantonne ma mère avec un peu trop d'entrain.

— *Goood Morning, Goooood Morning!!!* poursuit mon père sur l'air de la chanson du même titre.

Pour que mon père « ose » chantonner une pièce en anglais, il faut qu'il joue ***vraiment*** le jeu de la joie excessive. Tout ça pour me faire sourire…

Est-ce que j'ai l'air si grognon que ça ?

— Salut.

⇨ J'avoue que ma réponse
ne pouvait pas être plus nulle que ça.
À côté d'eux, j'ai l'air du clown triste
dans un cirque, avec des singes qui
font des galipettes.

⇨ Heureusement que je ne mets pas
encore de mascara, sinon, après avoir
autant pleuré, j'aurais le maquillage
de la clownette déprimée.

—As-tu bien dormi, ma chérie ? me demande ma maman.

—On t'a laissée faire la grasse matinée, ma choupinette, ne manque pas de me faire remarquer mon père, on s'est dit que tu le méritais bien, en cette fin de congés !

—Boffff…

—Bon, bon, bon, qui veut *des crêpes pommes fromage !?* enchaîne mon père en faisant mine de ne pas avoir entendu ma réponse monosyllabique.

—Moi, moi, moi !!!! s'exclame ma mère.

—Et *hop ! Une crêpe pour maman !* annonce-t-il en faisant glisser une première assiette sur le comptoir.

⇨ Sérieux, ça va,
le Cirque du Soleil ?

J'ai l'impression d'être dans un camp
de vacances avec des animateurs beaucoup
trop énergiques.

— Maya, une spécialité du chef pour toi ? me demande l'animateur hyperactif qui a pris possession du corps de mon père.

⇨ Son nom de camp, c'est clairement
« BONA PÉTIT » ou « Croissant de soleil ».

— Je n'ai pas vraiment faim…

— L'appétit vient en mangeant, ma chérie ! Tu ne peux pas refuser la recette de mamie, me répond-il en me servant une crêpe en forme de cœur, décorée d'un bonhomme sourire en pommes caramélisées.

J'avoue que cette petite attention me fait plaisir. J'esquisse un minisourire que mes parents ne manquent pas de célébrer !

— Oh que oui, elle a souri, mesdames et messieurs ! s'exclame ma mère.

— C'est juste à cause de mamie...

Ma grand-maman a toujours occupé une place énorme dans ma vie, mais j'avoue qu'il s'agit d'un sujet encore un peu sensible. C'est probablement pour ça que je ne t'en ai jamais vraiment parlé (sauf dans le premier tome, puisque c'est elle qui m'a offert le pull « Miss Parfaite », tu t'en souviens ?).

Disons simplement que depuis qu'elle n'est plus là, j'ai l'impression d'avoir perdu une de mes meilleures amies et ma deuxième maman. Et avec le déménagement de Coralie en plus, c'est comme si les deux personnes que j'aimais *le plus au monde* m'avaient abandonnée *en même temps*.

Quoique je ne peux pas vraiment être plus seule qu'en ce moment...

Seule avec mes deux parents qui font des idioties pour me faire rire, alors que j'ai juste envie de pleurer.

C'est ça, ma vie.

Moi et mes crêpes pommes-fromage, on est *forever alone*.

Je me lève donc en forçant un sourire (pas très convaincant).

—Elles sont vraiment bonnes, papa… Si ça ne vous dérange pas, je vais manger dans le salon. Je pense que si je regardais un peu la télé, ça me changerait les idées.

—Aucun problème, ma chérie, me répond ma mère en s'empressant de sortir un plateau pour y installer mon assiette et un verre de jus d'orange, tu fais comme tu le souhaites aujourd'hui.

Je pars avec mon festin (que j'ai du mal à regarder tellement j'ai l'estomac à l'envers) et j'attrape le sac que j'avais préparé pour passer la nuit chez Coralie en me dirigeant vers la pièce familiale. Même si je redoute un peu d'allumer mon portable, je sais que je devrai faire face aux retombées d'hier soir à un moment ou un autre.

Aucun nouveau message.

J'avoue que je ne m'attendais pas à ça…

D'un côté, je suis soulagée, mais en même temps, ça m'insulte un peu que personne ne m'ait écrit. Je sais que je n'ai pas été sympa avec Sophie, J-P et Coralie, mais eux aussi ont été vraiment méchants ! Pourquoi ce serait toujours à moi de faire les premiers pas pour qu'on puisse se réconcilier ?!

— ★ —

C'est l'histoire de ma vie !
On le sait, Maya, elle est tellement gentille, c'est elle qui s'excuse toujours en premier. C'est la bonne petite fille sage qui ne cherche jamais les conflits et veut que tout le monde soit heureux. La petite Miss Parfaite de service qui se laisse marcher sur les pieds.

EH BIEN,
PAS CETTE FOIS !

Là, j'en ai plus que marre d'être
le petit ange qui se sent coupable
pour tout et n'arrive pas à être égoïste.
Je l'écris ici et maintenant :
cette fois-ci, JE LAISSE FAIRE
LES AUTRES !

J'arrête d'être celle qui fait tout
pour tout le monde et qui ne reçoit rien
en retour, à part de la jalousie mal placée.
De toute façon, peu importe ce que
je fais, ce n'est **jamais assez**.

**On s'attend toujours à PLUS
de la gentille fille qui ne dit
jamais non.**

— ★ —

Je sais que je ne dois pas être la seule à me sentir comme ça... même si en ce moment, j'ai sincèrement l'impression qu'il n'y a que moi au monde qui vit ça.

Bon, pas question de m'apitoyer sur mon sort ! C'est ma dernière journée de congé, et je compte en profiter. Mais qu'est-ce que je pourrais bien faire ?

Je pense à la seule personne qui répondra assurément à un message de ma part en ce moment et à qui je pourrai me fier : Milan.

⇨ Pas besoin de parler du texto
qu'il m'a envoyé hier...
Tu sais, celui où il disait m'aimer
et me demandait
de sortir avec lui.

On va dire que je ne l'ai pas reçu.
Si je fais comme si de rien n'était,
peut-être que nous éviterons d'aborder
le sujet. Et au pire, nous réglerons ça
en temps et lieu, mais là,

j'ai besoin d'un ami

↳ (Et d'avoir une vie, parce qu'une journée
avec mes parents qui se prennent pour des
coachs de vie, c'est VRAIMENT déprimant !)

MILAN 🏳️

Maya

Salut ! J'espère que tu as bien dormi après avoir reçu l'appel d'une folle déprimée (et déprimante) en pleine nuit. 🙋‍♀️ 🤦‍♀️

Je me demandais si t'avais envie qu'on fasse qq chose aujourd'hui.

J'ai besoin de sortir de chez nous, mes parents sont en train de devenir fous 😝 .

Milan

BONJOUR ! 🙂

Ouais, ça me tente ! Et pas de problème pour hier, ça m'a vraiment fait plaisir...

Tu veux faire quoi ?

Maya

Aller patiner à l'anneau de glace* de Sainte-Rosalie, ça te dit ?

J'ai besoin de me défouler en dépensant de l'énergie, et avec mes talents de patineuse, je vais pouvoir me faire pardonner de t'avoir réveillé en te laissant me regarder me planter... et ça risque d'arriver souvent ! 😂

Milan

OK !

Mais sérieux, tu peux m'appeler n'importe quand... pour de vrai...

⇨ Je ne sais pas pour toi,
mais j'ai toujours trouvé ça malaisant,
les gens qui mettent
<u>trois petits points</u>
dans presque tous leurs textos.
Comme s'ils se retenaient toujours
de dire le fond de leur pensée ou qu'il y
avait un sous-entendu.

* Un anneau de glace ou ovale de glace est un type de patinoire utilisé pour le patinage de vitesse. En raison de la particularité des courses, elle requiert d'être en forme oblongue à la manière d'une piste d'athlétisme.

⇨ Est-ce que je suis censée
comprendre quelque chose de plus
ou est-ce que je commence juste
à m'imaginer plein de trucs pour rien ?

[Es-tu fâché ? Est-ce que j'ai fait
quelque chose de pas correct ?
Est-ce que c'est un message
subliminal pour me faire comprendre
quelque chose d'autre ?]

Pourquoi est-ce que quelqu'un utilise
tant de points de SUSPENSION
si ce n'est pas pour me garder en suspens ?!

⇨ C'est comme le doc qui fait hmmm...

PARLE-MOiiii !!!!

⇨ Quoique dans le cas de Milan...
oublie ça, mets des trois petits points
tant que tu voudras ! –

MAIS NE ME PARLE PAAAAS !!!

MILAN

Maya

OK, on se rejoint là vers 13 h ? Ça te va ?

Milan

Perfecto ! À tout à l'heure !

Il est actuellement 11 h 15, alors je préviens mes parents que j'aurai besoin qu'on me conduise dans une heure. Mon père est vraiment (trop) emballé à l'idée de me voir faire une sortie avec le gentil Milan. Un bon petit gars, comme dit ma mère.

⇨ On parle bien de mes parents, ceux qui paniquaient quand je suis revenue de la fête d'Halloween de Camille avec des « inconnus » → (Milan et sa mère Renée) et que j'étais sous une mauvaise influence. → (celle du « bon petit gars ») Les choses changent vite, hein !?

Ma mère ne me laisse même pas le temps d'ajouter un mot qu'elle est déjà partie à la recherche de mon sac de patins. Elle revient du garage avec un vieux sac de hockey et mon casque Louis Garneau avec des petits chiens dessinés dessus… L'ensemble qui me garantit de faire rire de moi à l'anneau de glace, mais il est un peu tard pour aller en acheter un nouveau. Et au nombre de fois où je vais patiner (jamais), je peux bien enfiler mes vieilles genouillères et mon casque d'enfant de cinq ans. Ce n'est pas devant Milan que je veux être mignonne, de toute façon… Peut-être même que ça va le décourager, qui sait! 🤞

Une petite partie de moi a envie de parler de cette sortie à quelqu'un… Normalement, j'écrirais à Coralie ou à Sophie pour les prévenir, afin de les tenir au courant de toute l'actualité pour pouvoir leur raconter comment le reste s'est déroulé par la suite – et comment, encore une fois, ma vie est digne d'une série télévisée remplie de trop nombreux rebondissements. C'est le genre de potins qu'elles adorent, et je sais qu'elles hallucineraient si elles savaient tout ce qui s'est passé hier soir!

Hier soir… quand elles m'ont clairement laissée tomber.

Je ravale mes paroles: j'ai la chance de pouvoir t'écrire, à toi. Pas besoin d'elles pour me juger ou me contrarier à nouveau.

En attendant d'aller patiner, je m'installe dans ma chambre avec un bon livre que je m'étais promis de lire pendant la semaine de congés, mais encore une fois, mon attention est ailleurs.

J'avoue que même si nous allons seulement patiner, je suis nerveuse à l'idée de revoir mon ami. J'ai beau vouloir faire comme si de rien n'était, c'est *énorme*, ce qui s'est produit hier. Une déclaration d'amour via texto, c'est plus difficile à ignorer qu'un simple message sur Messenger.

Je m'invente des scénarios dans mon esprit, à m'imaginer comment ça va se passer… Ma petite voix s'emballe rapidement quand vient le moment de se mêler de ce qui se passe entre ma tête et mon petit cœur.

C'est clair qu'il va t'en reparler. Pas le choix !
Déjà qu'il a eu le courage de te texter ÇA,
il ne va pas te laisser t'en sortir, cette fois.
Alors, qu'est-ce que tu vas lui répondre ?
Oui, non ou peut-être ? 😈

Parce qu'il va falloir que je lui donne une réponse ? Je ne sais pas, moi, ce que je veux… C'est la première fois que quelqu'un me demande d'être son amoureuse !

Évidemment, ma petite voix en rajoute et essaie de me faire paniquer :

Imagine s'il arrive avec des fleurs et qu'il te fait une déclaration officielle devant tout le monde à la patinoire !

Aaaaahhh !! Malaise.

Je serais beaucoup trop gênée !

Et pourtant... si ça venait de quelqu'un d'autre, tu ne dirais pas non et tu le sais...

Pfff… n'importe quoi. Je voudrais juste avoir la paix en matière de garçons pour un moment. C'est tout ce que je demande. Il n'y a pas de comparaison…

Toujours aussi têtue, ma petite voix ne lâche pas prise :

Même si tu ne veux pas te l'avouer, toi et moi,
on sait qu'il y a une différence entre les deux.
Il est bien gentil, Milan, mais ce n'est pas Anthony…
Avoue-le que tu n'as pas de sentiments pour lui !

Je ne sais pas !

Comment je peux être certaine que c'est juste de l'amitié ? Tu sais, l'autre jour, au ski, ça m'a quand même fait quelque chose quand j'ai mis ma tête sur son épaule dans le remonte-pente. J'étais bien.

Tu en avais surtout BESOIN !
Ça aurait pu être J-P, Coralie ou Sophie,
ça n'aurait pas fait de différence.
T'avais besoin de réconfort, point.

J'ai quand même eu un petit *feeling*. C'était bizarre, ça m'a fait quelque chose.

Des petits papillons !
C'est normal, ça reste un rapprochement
avec un garçon que tu apprécies… en AMI !

Je ne sais pas ce que je ressens pour Milan.

Anthony t'envoie une lettre d'excuse et
tu es tout à l'envers, mais un autre garçon
te demande carrément de sortir avec lui et tu as une
réaction digne d'un drame d'horreur. Un peu plus
et tu lançais ton téléphone loin de toi pour éviter
de voir son message, comme s'il pouvait t'attaquer.

Même pas vrai. De toute façon, pourquoi est-ce que je devrais choisir qui que ce soit ? Qui a dit que dans la vie, ça devait toujours tourner autour de ce que notre cœur ressent ? Ma tête, elle, elle le sait que ce n'est pas logique et que les histoires comme ça, c'est toujours trop compliqué de toute façon !

Avoue-le que tu n'as pas de sentiments pour lui !

T'es ma petite voix à moi, tu n'es pas censée sonner comme ma sœur !

Une partie de toi sait qu'elle a peut-être raison...

Hé, je ne vais pas commencer à me disputer avec moi-même pour démêler ce que je ressens.

Écrase !!!

⇨ Je déteste ça, avoir l'impression que ma tête et mon cœur sont en compétition pour me contrôler ! Tout pour m'embrouiller !

⇨ Respire, Maya, ça va aller !
Tu vas patiner avec ton ami, vous allez rigoler et le pire qui peut arriver, c'est qu'il te fasse sentir importante.
T'en as besoin en ce moment, non ?
Tout le monde vient de te laisser tomber, il n'y a rien de mal à profiter de quelques compliments et d'un peu d'attention.

⇨ Dis donc, c'est moi qui dis ça ou ma petite voix ?... Dire que je pense à « utiliser Milan » pour avoir de l'attention...

C'EST CLAIREMENT
MA P'TITE VOIX !

Tu le sais, au fond de toi, que c'est exactement
ce que tu fais en ce moment...
Tu cherches de l'attention, fille !

⇨ WHAT ? JE PEUX MÊME PAS AVOIR LE CONTRÔLE SUR MES PROPRES RÉFLEXIONS ?
SÉRIEUX, C'EST QUOI MA VIE ?

Ma mère est venue me conduire à la patinoire comme prévu, et pendant le trajet, j'ai réussi à me convaincre que je ne faisais rien de mal et que je voulais simplement passer du temps avec un ami, ***sans plus!*** C'était un moment de culpabilité digne de la grande Miss Parfaite qui a donc besoin de se faire du mal et de se trouver des défauts.

Milan m'attend dans le petit chalet central, soit un vieux vestiaire en plein milieu du parc qui sert de rangement pour les camps de jour l'été et de local pour enfiler ses patins l'hiver. Pas la classe, mais on fera avec. Nous nous faufilons et nous nous trouvons un petit bout de banc entre une maman et son fils en pleine crise, et une bande d'ados qui sentent la transpiration. ***Le bonheur!***

D'un côté, les cris d'un petit bonhomme qui trouve ses lacets trop serrés, de l'autre, les rires d'une bande de garçons bruyants qui suent à grosses gouttes et prennent beaucoup trop de place avec leurs sacs de hockey qui sentent

la mooort.

⇨ L'endroit idéal pour éviter une déclaration d'amour... C'est déjà ça!

Au milieu de tout ça, j'ai vraiment l'air cool avec mes genouillères, mon casque avec des chiots dessus et les vieux patins de ma mère (les miens ne m'allaient plus, depuis le temps que je les avais portés!).

Pendant un instant, je vois une lueur de moquerie dans les yeux de mon ami.

—Quoi, t'aimes pas mon style?

—Disons que tu fais un beau Télétubbie... me répond-il en faisant allusion à mon gros habit de neige multicolore.

⇨ Qu'est-ce que tu veux, c'est ça qui arrive quand tu ne grandis pas assez rapidement. Tu gardes les mêmes vêtements hyper longtemps parce qu'ils te vont encore et que tes parents ne voient pas l'utilité de t'en acheter des nouveaux.

⇨ Si tu ne connais pas les Télétubbies… c'est que tu n'as pas eu de grand frère ou grande sœur qui regardait ça. Va voir sur YouTube… C'est **dément**.

Ça fait tellement longtemps que je n'ai pas mis de patins que j'ai du mal à trouver mon équilibre, même hors de la glace.

— Ça va être beau sur la patinoire, s'esclaffe Milan en m'attrapant par une ganse de salopette avant que je tombe.

— C'est pour ça que j'ai déjà mis mon casque ! Pas de chances à prendre, je te le dis, je suis un danger public.

— Si tu veux, on commence dans le coin pour enfants ? Avec une chaise ? me dit-il très sérieusement.

— Ben voyons, pas à ce point-là, quand même. J'ai ma fierté.

Ha, Ha, Ha !
*Elle est bonne. En patins à glace, je n'ai **aucune** fierté.*

Je réussis à avancer exactement trois secondes sur la patinoire avant de faire une vrille impossible et de tomber solidement sur les fesses. 😐

Je reconsidère donc l'offre de Milan, et nous nous dirigeons tranquillement vers la section pour enfants (correction : il patine pendant que moi, je m'accroche à la bande pour me rendre à destination). Arrivée dans la zone « soit tu as moins de cinq ans, soit tu es un danger ambulant », je m'agrippe solidement à une chaise en plastique pour garder l'équilibre.

⇨ Note à moi-même :

Les genouillères, c'était peut-être de trop. Même les tout-petits me jugent.

😂

⇨ Il y a des ados cool dans la vie.

À voir les regards que me font les enfants en voyant un Télétubbie miniature s'accrocher à une chaise en plastique, je n'en fais clairement pas partie.

Milan est vraiment patient, et nous passons une bonne partie de notre séance de patinage à nous promener tranquillement, lui à reculons, moi péniblement avec ma chaise. Nous parlons de tout et de rien, du retour à l'école, de mon stress par rapport à mes notes (il me dit que je suis folle, considérant ma moyenne générale de 88 %, mais je lui explique que justement, à toujours être aussi bonne dans toutes les matières, je dois me mettre de la pression constamment pour ne pas décevoir les attentes de mes parents… et les miennes), de nos rêves pour l'avenir. À mon grand soulagement, il n'est jamais question de sa demande d'hier. Qui sait, peut-être qu'il était à moitié endormi et qu'il a envoyé ça par erreur !

Une erreur… t'es comique, toi !
En plus, tu te crois !
🤦‍♀️ 😂

Tout ça pour dire que l'après-midi passe hyper rapidement et que je réalise que mes parents reviennent me chercher dans 20 minutes. Pour remercier Milan de sa patience, je lui propose donc d'aller faire un vrai tour de l'anneau de glace, sans la chaise cette fois (et sans les bandes, puisqu'il ne s'agit plus de la zone débutants).

Le circuit est quand même moins lisse sur l'anneau de glace, hein ?!

Je l'apprends à mes dépens dès le moment où les petits « pics » de mes patins rencontrent une bosse ou une petite fissure. Cette idée, aussi, de mettre des petites encoches sur le bout avant d'un patin !? Milan m'explique que ça sert surtout au patinage artistique, pour pouvoir planter le patin dans la glace et effectuer des figures, mais moi, je m'entête à dire que c'est pour nous encourager dans l'art de nous ***humilier*** en public. J'ai sincèrement l'air d'une fille qui ne sait pas mettre un pied devant l'autre, à force de perdre l'équilibre dès que je fais l'erreur de donner un coup de patin sans me méfier de ces petits pics du diable.

Je suis toute fière de moi, car j'ai quand même réussi à faire le tour de l'anneau trois fois, peut-être pas avec toute la grâce du monde, mais sans tomber !

⇨ Note à moi-même :

apprendre à ne pas parler trop vite.

C'est au moment où je m'exclame de joie, victorieuse, que je sens mon patin gauche planter solidement ses petites griffes dans la glace et que je perds l'équilibre vers l'avant. *Réflexe* : je tente de m'accrocher à la vie.

Je m'accroche donc à la première chose qui me tombe sous la main, soit la capuche du manteau de mon ami, l'entraînant ainsi dans ma superbe chute et m'écrasant de tout mon long **sur** lui.

Nous éclatons tous les deux de rire, puis je réalise que je suis drôlement proche de son visage et qu'il me tient un peu dans ses bras.

Malaise.

Un couple de jeunes adultes passe près de nous en riant timidement, et j'entends la fille dire : « Regarde comme ils sont mignoooons. »

Malaise x2

— Excuse-moi, dis-je en tentant de me relever trop rapidement, ce qui entraîne une Maya qui gigote dans tous les sens sans arriver à se redresser.

Il faut dire qu'avec tout mon équipement, me remettre debout est toute une aventure !

— Ça va, y a pas de stress, me répond Milan en gardant ses bras autour de moi et en me fixant dans les yeux.

⇨ Je comprends maintenant l'expression « se regarder dans le blanc des yeux ».

J'ai l'impression qu'il me regarde plus intensément que juste dans les yeux, genre, qu'il analyse mon âme ou un truc du genre. C'est gênant, je ne suis pas à l'aise du tout.

Vite, il faut que je dégage de là !

— *Ha, ha ! Je suis tellllleeeement maladroite !*

Puis, je roule sur le côté comme un bébé qui n'a pas encore appris à marcher. C'est sorti trop fort, ce n'était pas du tout naturel, mais bon, si je restais dans ses bras un instant de plus… Aaahhh, je ne veux même pas y penser !

Ma petite voix intérieure en profite, alors que je me remets tant bien que mal sur mes pieds (sur mes patins).

Je te l'avais dit !

Je la chasse rapidement et j'essaie d'aider mon ami à se relever à son tour, maintenant que le boulet que j'étais ne l'écrase plus contre la glace. Il me remercie, mais ne lâche pas ma main une fois debout.

MALAISE, MALAISE, MALAISE !

MA TÊTE INTÉRIEURE :

MA TÊTE EXTÉRIEURE :

C'est tout ce que j'ai trouvé… sourire de façon exagérée et créer un embarras encore plus grand, parce que Milan répond tendrement à mon sourire en me serrant la main de façon encore plus mielleuse.

JE SUIS PAS BIEN ! JE SUIS PAS BIEN !

⇨ À mes parents que j'aime,
je suis désolée d'écrire mes émotions
comme ça, mais là, il faut vraiment
m'entendre le dire le plus naturellement
possible. Je ne me sens pas
« quelque peu déroutée » ou mal à l'aise,

JE SUIS PAS BIEN !

MA VOIX À MOI (que Milan peut entendre, je te ferais remarquer) :

Hi, hi, hi, hi, hi…

⇨ Bravo, championne,

tu as l'air de trouver ça mignon! Avec ton sourire gênant et un petit rire ringard dcomme ça, pas étonnant qu'il se fasse des idées! Un peu plus et tu lui donnes un bisou sur la joue en disant que c'est juste amical, pour voir comment il va réagir! Arrête de jouer à la nouille, assume et dégage ta main de la sienne!

…

Nous nous sommes tenu la main jusqu'aux vestiaires, où il m'a aidée à enlever mes patins comme un vrai gentleman. Pendant ce temps, la tarte ici présente s'est contentée de sourire comme une vraie idiote et de laisser échapper des petits rires pour cacher son malaise. *Bravoooo, championne.*

— C'était vraiment un bel après-midi, me dit-il avant de partir. On se voit à l'école demain…

Cette fois-ci, je n'ai pas besoin qu'il m'envoie un texto pour sentir les trois petits points qui suivent sa phrase… disons qu'à la façon dont il me regarde, il a les points de suspension écrits dans le front, avec sous-titres au cas où je ne comprendrais pas:

Je ne perds pas une seconde et j'esquive toute tentative en le serrant dans mes bras, puis en lui assenant une « tape » sympathique sur l'épaule.

— Vraiment sympa, ouais ! À demain ! dis-je en sachant très bien que je viens de faire le *move* le plus classique de la terre : la petite tape sur l'épaule qui est souvent suivie d'un « *bro* » ou d'un autre terme ringard qu'on retrouve dans les films d'ados quand quelqu'un se fait « friendzoner ».

Je vois dans son regard qu'il ne sait pas trop comment réagir, et je le comprends, considérant que je ne sais pas moi-même ce qui m'a pris : pourquoi est-ce que nous en sommes là ? J'aurais pu simplement mettre les choses au clair et lui dire quelque chose comme :

« Regarde, Milan, je t'apprécie vraiment beaucoup, mais en ami. En plus, avec tout ce qui se passe en ce moment, j'ai besoin que les choses soient simples, pas compliquées, et j'aurais peur de te perdre en essayant de mélanger amour et amitié. Désolée. »

C'était ça, la chose à dire, non ?

Je le regarde partir vers le véhicule de sa mère en me faisant un grand bye de la main et en affichant un sourire… que je risque de détruire tôt ou tard.

Sa maman, si gentille… À qui il va probablement tout raconter et qui va me détester en sachant que ce n'étaient que de faux espoirs. La belle Renée qui pensera que j'ai joué avec son garçon. 😩

Je déteste plaire (ça me met dans les ennuis la plupart du temps), mais j'aime encore moins déplaire.

En ce moment, j'aimerais vraiment ça, être quelqu'un d'autre que moi.

Chapitre 2

MÉCHANTES ADOS – MISS IMPARFAITE

Mes parents ont organisé un grand dîner avec les parents de Jean-Philippe ce soir, mais sans le principal intéressé. Il semblerait qu'il avait déjà « quelque chose », mais je suis prête à parier qu'il ne voulait tout simplement pas me voir. Ça tombe bien, moi non plus, surtout avec son attitude de gros bébé. Et après, on me répète que c'est moi la plus jeune. ***Bonjour, la maturité !***

Nous avons mangé une fondue chinoise et nous avons vraiment passé une belle soirée (malgré le mini-interrogatoire qu'ont voulu me faire passer nos deux paires de parents – « Oui, tout va bien avec J-P, on a juste moins le temps de se voir dernièrement » – « Mais tu nous le dirais s'il s'était passé quelque chose ou s'il avait été méchant avec toi ? » – « Promis, tout va bien »).

J'ai esquivé leurs questions comme une pro et je me suis surprise à ne pas vouloir parler de mes problèmes, pour une fois… au point où j'ai presque oublié que J-P et moi, nous étions en dispute, tellement nous avons passé de temps dans la soirée à nous remémorer de bons souvenirs de nos deux familles. C'est comme s'il était à la table avec nous pour les raconter, tout comme Coralie. Considérant qu'une bébé partie de moi aurait aimé qu'il soit là, ça faisait le travail !

⇨ C'est fou comment, par moments,
je m'entends mieux avec des adultes
qu'avec des gens de mon âge.
C'est tellement plus simple de parler
avec eux. On dirait que, des fois,
ils me comprennent mieux. Ce soir,
j'ai l'impression de faire partie du clan
qui décide plutôt que d'être une enfant»
à table avec des adultes.

⇨ J'ai hâte d'être moi-même une adulte
pour avoir des dîners d'adultes.
Ça sonne cool de recevoir nos amis
et de parler de sujets de « vieux ».
↪ De choisir le sujet de conversation, en fait !
Tu sais, quand nos parents sont présents,
c'est comme un peu obligatoire de suivre
les discussions et le rythme de la soirée.

Mais le jour où c'est toi qui reçois,
tu deviens le maître du jeu!

⇨ Tu manges à l'heure que tu veux,
tu parles de ce que tu veux,
tu te COUCHES à l'heure que tu veux.
Ouais, ça sonne bien à mes oreilles.
D'ici là, je dois seulement me trouver
de VRAIS amis... assez matures pour ça.

Demain, c'est le retour à l'école, donc à la normale… ou plutôt, le début d'une nouvelle ère: celle où je suis moi à 100 %, peu importe l'opinion des gens!

Je m'y étais préparée mentalement, mais j'avoue que c'était quand même bizarre d'arriver à l'école lundi matin et de ne pas me diriger vers le casier de Sophie-Rose, une fois mon sac à dos défait. Non, j'ai plutôt retrouvé mes anciennes habitudes et je suis allée à la bibliothèque pour mettre de l'ordre dans mes classeurs et préparer mon agenda pour les semaines à venir, question d'organiser mon temps et qui sait, peut-être même de prendre de l'avance sur certains projets.

C'est fou à quel point j'aime me retrouver seule avec mes cahiers pour préparer mon horaire. Je sais que ça peut sonner vraiment *loser,* mais il n'y a rien de plus satisfaisant pour moi que de planifier chaque jour et d'écrire ce que j'ai à faire dans mon agenda… le bonheur que je ressens en début d'année lorsque j'établis mon système de couleurs !

Encre bleue	Devoirs
Encre violette	Projets
Encre vert pâle	Oraux
Encre noire	Rendez-vous
Encre fuchsia	Activités
Encre rouge	Entraînement / sport
Crayon mine	À confirmer

⇨ Plus l'année avance, plus j'ai tendance
à oublier mon code de couleurs
et à moins prendre le temps de monter
mes horaires, mais pas cette fois!
Si je remets un peu d'ordre dans mon agenda,
{ je remettrai aussi un peu d'ordre
dans ma tête et dans ma vie. }

⇨ C'est comme utiliser un nouveau cahier:
ça remet les priorités à la bonne place,
c'est l'occasion de faire un ménage
et de recommencer

À ZÉRO!

Je suis donc hyper fière de retourner en classe avec un agenda bien organisé lorsque la cloche sonne. J'ai même le temps de m'écrire des petites citations inspirantes tirées d'un livre que j'ai reçu pendant les fêtes, mais que je n'avais pas encore feuilleté. Il s'agit d'un guide avec une petite phrase sympathique et motivante pour tous les jours de l'année. Il faut croire qu'il n'est jamais trop tard pour commencer! Pas besoin de toujours attendre le 1er janvier pour prendre de nouvelles résolutions. La mienne: recommencer à faire les choses à *ma* façon.

C'est probablement la raison pour laquelle je ne me sens pas coupable d'ignorer Sophie-Rose lorsque je passe devant son bureau...

Puis, à la récré quand la bande se rejoint aux casiers...

Puis, aussi à l'heure du déjeuner à la table de la cafèt'...

Puis, tout le reste de la semaine, peu importe la situation !

Tout le monde ressent un inconfort sauf moi, parce que j'ai décidé d'être bien avec mon choix. La preuve, après quelques déjeuners, Sophie-Rose choisit de partir de son plein gré pour aller manger avec la bande de J-P.

—OK, qu'est-ce qui s'est passé entre So et toi pour que vous vous ignoriez comme ça?! me demande Camille la première fois où Sophie s'absente.

—On ne s'ignore pas, j'ai juste arrêté de lui donner trop d'attention.

—Il y a ne plus donner de l'attention et carrément faire comme si elle n'existait pas, se moque Delphine.

—C'est vrai, je ne lui en donne plus du tout, mais c'est pas ma faute! Elle était devenue trop envahissante, et j'avais l'impression de toujours devoir ***tout*** lui dire. À un moment donné, vis ta vie, tu vois.

—J'avoue qu'elle te suivait toujours partout comme un petit chien, acquiesce Ève en rigolant.

J'esquisse un sourire que les autres interprètent probablement comme une approbation, mais dans ma tête, je ne peux m'empêcher de trouver ça comique venant de *la* fille qui ne fait *que* suivre les autres depuis le début de l'année. S'il y en a une qui agit en petit caniche de service dès que l'occasion se présente, c'est bien Ève, avec son manque flagrant de personnalité!

—Mais est-ce que ça veut dire qu'on doit tous l'ignorer, maintenant? me demande Alex. Un peu comme avec…

En rigolant de son embarras évident, je lui réponds:

—Comme avec moi dans le temps?

— Ouais… je voulais pas dire ça… mais ouais.

—Pas du tout. Elle est la bienvenue dans notre bande, c'est juste moi qui ai besoin d'un *break*. Vous, vous n'avez pas à choisir un camp.

—Disons que *si* on devait prendre une décision, ce serait pas difficile de toute façon, laisse tomber Delphine. Elle a toujours été dans la bande « par défaut » en fait.

J'ai le réflexe de prendre la défense de ma grande amie.

—Pas à ce point-là, quand même ! Ça reste notre amie à tous.

Silence.

Un silence qui en dit beaucoup.

—Quoi ? Vous n'êtes pas d'accord ?

—Moi, je l'ai toujours trouvée un peu bizarre… avoue Ève.

—C'est vrai qu'elle ne parlait jamais, elle était juste… *là*. C'était pas elle qui faisait la conversation, disons, ajoute Camille.

—Et en plus, elle avait vraiment l'air d'avoir quelque chose à cacher à propos de sa famille. Ses parents ne pouvaient jamais la conduire et elle avait toujours des excuses nulles pour manquer une activité, fait remarquer Ève, qui commence à prendre un peu trop de place à mon goût avec ses petits jugements.

Je réplique :

— Et, ça change quoi dans ta vie, ça ?

— Pas grand-chose. Mais il me semble que si on est vraiment tes amis, tu peux nous en parler…

Un peu à vif, je lui demande :

— Pour que tu ailles le répéter ?

— Elle est gentille, mais elle s'adapte peut-être un peu moins à nous qu'à toi… explique gentiment Milan, voyant bien que je réagis drôlement à ces révélations.

— Ouais, je comprends…

Je me doutais qu'elle n'était pas *la* plus populaire, mais je ne m'attendais pas à ce que tout le monde soit d'accord sur le fait qu'elle n'avait pas sa place dans le groupe. Je sens la culpabilité me chatouiller l'estomac, mais je la chasse rapidement en me disant que ce n'est pas ma faute si sa personnalité ne fait pas l'unanimité. C'est vrai qu'elle est plutôt gênée et que sa timidité peut passer pour de la maladresse, mais il faut apprendre à la connaître pour l'apprécier. Pas évident puisque nous nous évitons maintenant. 😥

S'il y a une chose qui m'arrive depuis que j'ai décidé de ne plus me sentir coupable des réactions des gens, c'est le succès ! Je *cartonne* à l'école !!! Mes notes n'ont jamais été aussi élevées, et j'ai même réussi à battre ma moyenne générale en maths !

Yesss !!!

Je suis certaine que mon horaire coloré y est pour quelque chose. Ça fait presque deux semaines que l'école a recommencé et que je garde mon agenda propre et bien organisé, et je te jure que ça fait une différence dans ma motivation. On dirait que j'ai envie de le respecter et même de prendre de *l'avance !* 😲

⇨ Tu dois comprendre que je suis
la reine de la procrastination.
Tu sais, les gens qui attendent à la dernière minute pour faire quelque chose ?
→ Eh bien moi, c'est PIRE ! ←
Je suis du genre à repousser une tâche jusqu'à l'échéance, puis à devenir folle la veille pour m'en sortir.

⇨ Le pire dans tout ça, c'est que
j'y arrive toujours...

⇨ Ou plutôt, que j'y arri**vais** toujours:
disons que c'est beaucoup plus difficile d'écrire
un roman la veille de la remise...

⇨ Ce que je fais en ce moment...

Oupssss, hi, hi!

Je me dépêche pour que tu puisses
lire le tome 3 bientôt, promis!

Comme on est arrivés à la mi-mars, c'est la fin de semestre qui approche. Si je continue sur cette lancée, mon bulletin sera vraiment *plus que parfait!*

Bammm,
la revoilà, la
Miss Parfaite.

Ça veut aussi dire que les enseignants nous attaquent avec mille et une interrogations, sans compter les projets et les exposés oraux.

D'ailleurs, il n'y a rien que je déteste plus que les projets de groupe. Je finis toujours par faire la majorité du travail (ou par refaire les parties des autres, parce que ce n'est pas assez bon), alors je préfère de loin tout faire toute seule. C'est donc à mon grand désarroi que madame Beauregard, la prof de géographie, nous annonce que nous devons faire non seulement un projet en équipe, mais un ***exposé oral filmé***, en travaillant avec des coéquipiers ***choisis au hasard***. Ce qui signifie que nous devrons travailler ensemble à l'école, mais aussi nous retrouver à l'extérieur des classes pour filmer…

Tout ça, probablement le week-end et avec des gens que tu n'as pas choisis… cool !

⇨ Même si tu es en équipe avec tes amis, c'est difficile de trouver du temps pour tout faire. Alors quand en plus les équipes sont choisies au hasard, c'est l'enfer. Quoi de plus ennuyeux que de devoir sacrifier du temps de congé pour faire un projet d'école avec des gens que tu ne connais même pas ?

(Ou pire, que tu n'aimes pas ?)

⇨ En plus, quand il s'agit d'un exposé oral filmé, les trois quarts de la classe ont la même idée : faire une émission de télé, mais surtout, des idiotes pendant les fausses publicités. Au final, il n'y a presque pas de contenu et juste des blagues débiles dignes des annonces de produits ménagers mal traduites.

⇨ Donc, résultat :

une parodie lourde de journal télé sur une trame sonore musicale douteuse, avec des animateurs pas à l'aise devant une caméra, (ou qui sonnent extrêmement faux) le tout accompagné de pubs plus ou moins drôles et de moments « bonus / bêtisiers qui durent plus longtemps que l'exposé oral lui-même.

⇨ Sans oublier le montage **RINGARD À SOUHAIT**, une contribution de papa ou maman. (ha, ha, ha !) Disons qu'on est loin des vidéos qui ont l'air pro sur YouTube quand c'est ton père qui choisit les images de transition sur iMovie et qu'il met le son

« BOOOIING »

chaque fois qu'un titre apparaît à l'écran…

⇨ Je ne sais pas pourquoi les parents abusent autant des titres quand ils font des montages vidéo, mais mon Dieu que ça me fait rire. Les miens sont les meilleurs pour mettre des détails inutiles ou commenter ce qu'ils sont en train de filmer comme de vrais touristes.

Anniversaire Maya 1 an

Toute la famille est réunie pour me fêter MOI, quelle joie !

5 ans

Premier jour de Maya à l'école Sainte-Rosalie

Classe des abeilles avec madame Diane. C'est le bonheur dans la ruche, BZZZ, BZZZ.

6 ans

Maya perd sa première dent

Sourir édenté, wouhou.

Tous les élèves ont donc la mine basse lorsque madame Beauregard annonce qu'elle va effectuer un tirage au sort pour les équipes *et* pour le sujet. Le thème : les grandes attractions touristiques dans le monde, question d'améliorer nos connaissances en géographie et de nous permettre de découvrir de nouveaux endroits.

La première équipe tombe sur la Mozambie (la quoi ? Ah, madame Beauregard répète : *le* Mozambi*que*) ; la deuxième, le Cambodge (ben dis donc) ; la troisième, l'Islande (à ne pas confondre avec l'Irlande) ; puis finalement, j'entends mon nom lors du quatrième tirage.

— La quatrième équipe, composée de… Camille Lamothe, Anthony Da Silva et Maya Filion. Et leur destination : l'Angleterre.

Bon, la reine, le château et la royauté, c'est une affaire… mais Camille, *Antho* et moi ? C'était quoi, les chances ?!?

Nous nous regroupons tous en équipes. Je plains un peu Sophie-Rose qui s'est retrouvée avec Chloé et un garçon ennuyeux qui s'appelle Jacob et qui passe son temps à dévisager tout le monde. Pauvre petit, je ne pense pas qu'il s'est fait d'amis depuis le début de l'année. Du moins, pas dans la classe, en tout cas. Il est toujours super silencieux et écoute les autres parler… c'est spécial, disons.

⇨ Quoiqu'il n'y a pas si longtemps, j'aurais tout donné pour être à sa place et m'évader dans mes livres plutôt que de devoir jouer au jeu **de la popularité.**

⇨ Mais bon, on survit au secondaire **comme on peut, hein!** Mieux vaut être de ceux qui se font royalement respecter que de ceux qui se font royalement ignorer (ou embêter).

Disons qu'avec un pays comme l'Angleterre, on ne peut pas passer à côté de thématiques comme la royauté et la richesse. C'est pourquoi le tournage se fera assurément chez Camille! Elle habite littéralement dans un palais avec un majordome, nous serions fous de ne pas en profiter!

Très rapidement, elle et moi trouvons des idées pendant qu'Anthony essaie de noter tout ce que nous disons. Je pense qu'il a un peu de mal à suivre parce qu'il rit en voyant nos cerveaux complices s'activer comme des hamsters hyperactifs ! J'avoue que je suis chanceuse d'être tombée sur mon amie. 🙂

— On doit clairement commencer le reportage dans ta grande entrée en disant qu'on est au palais de Buckingham !

— Bonne idée ! Anthony pourrait se déguiser en soldat de la reine ! Il nous faut juste une espèce de grand chapeau noir en poil, comme ils en portent dans les films.

— Je pense que j'en ai un chez moi, affirme ce dernier. Il me semble que j'ai déjà vu des photos de mon père déguisé comme ça à Halloween.

— Génial ! Pour les autres lieux, il faudra faire des recherches. À part la reine, je ne connais pas trop l'Angleterre.

— Il y a eu des Jeux olympiques à Londres. Peut-être qu'on pourrait parler des constructions pour cet événement-là ? Et il y a aussi une grande roue et une horloge qui s'appelle le *Grand Ben*.

— Ha, ha, ha ! Le Grand Ben ! T'es sérieuse ? me demande Camille.

— En fait, c'est le Big Ben, mais mon père se trouve vraiment comique quand il appelle ça le « Grand Ben ».

C'est parce qu'on a une image de Londres encadrée à la maison, et il utilisait souvent les attractions qu'on y voit pour ses énigmes et ses multiples chasses au trésor. Il peut vraiment être excessif, des fois.

—Une chasse au trésor… ça me donne une idée! crie Camille, beaucoup trop emballée. Pour être originaux, on pourrait faire de notre présentation orale une chasse au trésor dans ma maison et faire participer la classe pendant la présentation! On leur fait faire des énigmes, on leur donne des indices, et quand quelqu'un trouve la bonne réponse, on présente un minireportage sur la chose ou le lieu en question! Genre, le Big Ben!

—*Ouiii!!!* Ça serait vraiment cool! Penses-tu que Jalbert accepterait de participer à notre tournage? Ça serait vraiment fou de l'avoir comme majordome tout au long de la vidéo! Un peu comme un figurant trop envahissant qui est toujours quelque part dans le décor. Ça serait l'effet comique.

—*Clairement!* Surtout qu'il n'a pas besoin de faire quoi que ce soit pour être comique! Il a toujours l'air de courir dans toutes les directions, même quand il essaie de se la jouer relaxe, se moque gentiment Camille.

—Qui c'est, Jalbert? demande discrètement Anthony.

Oups, nous avions complètement oublié de l'inclure dans la conversation, lui ! C'est ça qui arrive quand tu te retrouves dans une équipe au hasard : ça se peut que tu te sentes comme la troisième roue du carrosse.

⇨ Chaque fois que j'entends cette expression-là, je ne peux m'empêcher de penser à la citrouille qui se transforme en carrosse dans *Cendrillon*… C'est le seul carrosse à trois roues qui me vient à l'esprit.

(Celui dans le dessin animé, en tout cas. Je m'en souviens, je trouvais ça bizarre qu'il n'en ait pas quatre.)

⇨ Bon, je viens d'aller voir un GIF sur Internet, et le carrosse a en fait quatre roues, même dans le dessin animé…

Je suis dans le champ de citrouilles, littéralement !

⇨ Je viens comme d'autopéter ma bulle… et un de mes souvenirs d'enfance.

—Jalbert, c'est…

Je commence, puis m'arrête, ne sachant pas trop comment le décrire.

—Comment vous l'appelez, au juste, Jalbert?

—Mes parents disent que le titre officiel, c'est majordome, mais j'ai toujours trouvé ça bizarre de parler de lui comme ça. Dans ma tête, il fait partie de la famille, c'est juste Jalbert. Ou plutôt, mon *super Jalbert à tout faire* !

—À faire rire surtout! Tu vas voir, Antho, il est vraiment spécial! Dans le bon sens!

—Bien hâte de voir ça! répond-il, intrigué.

C'est vrai que c'est intrigant, ce concept-là. Je ne connais pas beaucoup de gens qui ont ce genre de service à la maison. C'est plutôt quelque chose qu'on voit dans les films américains, il me semble, le majordome qui s'occupe des ados parce que les parents travaillent trop. On en a tous rêvé parce que ça a l'air cool, mais en même temps, ça doit être bizarre d'avoir un «baby-sitter» à temps plein qui n'est pas ton père ou ta mère.

⇨ Est-ce que tu peux te disputer
avec ton majordome comme
tu te disputerais avec tes parents ?...

⇨ Il me semble que je serais gênée
de l'envoyer promener !
Quoique je n'envoie pas promener
mes parents non plus, sinon
je ne serais pas mieux que morte !
Mais je me permets sûrement plus de
libertés avec eux qu'avec un inconnu.

⇨ C'est comme les parents des autres...
Il y a une loi non écrite quelque part
qui fait que nous ne pouvons pas utiliser
notre attitude à la maison »
avec les parents de nos amis.

⇨ Est-ce que ça t'est déjà arrivé
de te dire que tes amis étaient arrogants
avec leurs parents, puis de réaliser
que tu fais sûrement la même chose...
mais que ça semble pire quand
tu en es témoin chez les autres ?

➾ Il n'y a rien de plus **malaisant** que d'être témoin d'une dispute de famille chez ses amis.

On dirait qu'on ne sait plus où se mettre!

En plus, c'est moi ou j'ai souvent l'impression que c'est le parent qui a raison et mon ami qui a tort et qui manque de respect?

➾ S'il fallait que je me dise ça chaque fois que je me dispute avec mes parents, ils seraient BEAUCOUP trop heureux!

➾ Alors, pour revenir à mon idée de départ, imagine si tu es témoin d'une dispute entre une ado et son majordome.

Elle est où, la limite?

Ça reste un employé de la famille, mais en même temps, il ne mérite pas de subir l'attitude que nous avons avec nos parents, pauvre p'tit!

— J'avoue que ce serait drôle de l'impliquer tout au long du tournage. Je vais lui demander s'il est d'accord en rentrant à la maison ce soir.

— Si jamais ton chauffeur peut être disponible aussi, la reine pourrait sortir de sa limo avec classe !

— Un chauffeur ?! s'exclame Anthony, surpris par toutes ces nouvelles informations. C'est vrai que ça t'irait bien, « Queen Maya », dit-il en essayant de prendre un accent *british*, mais sans vraiment y arriver.

— Je ne dis pas non si je vous ai à mon service, très cher.

Et là, va savoir pourquoi, je lui décoche un clin d'œil.

Un vrai... un peu suggestif !

Comme si je lui *faisais de l'œil*, justement.

Moi qui osais à peine le regarder il y a un instant.

Même Camille me fait de gros yeux, incertaine de comprendre ce qui se passe...

Anthony, lui, cligne des yeux, bouche bée. À voir son air, on comprend très vite qu'il ne sait pas trop comment réagir, mais que cette soudaine complicité ne le laisse pas indifférent.

C'est le retour du cache-cache visuel (un jeu auquel Antho et moi jouons un peu trop souvent ces temps-ci, surtout que je suis celle qui évite les regards), et moi, la nouille, je l'ai commencée en envoyant un clin d'œil mortel. *Bravo, championne!*

Je mets fin au malaise que je viens de créer en proposant des dates de tournage en fonction de nos agendas respectifs. Comme le projet doit être remis d'ici la fin mars, nous n'avons pas beaucoup de temps. Pas question de gâcher ma belle moyenne générale en fin d'étape: je ferai donc tout le travail de recherche. J'invite mes deux partenaires à m'envoyer leurs idées en soirée, pour que je puisse m'attaquer au scénario de notre présentation le plus rapidement possible.

—Super! Je vérifie avec mes parents pour le tournage à la maison et je vous reviens pour confirmer la date. Maya s'occupe du scénario, et Antho, tu l'aides dans la recherche?

—Pas de problème ! On pourrait se parler en Face-Time ce soir si tu veux ? me propose Anthony.

—Hmmm, hmmm… on regardera ça.

C'est tout ce que j'ai trouvé à répondre, parce que bien honnêtement, la seule idée que nous nous donnions rendez-vous sur FaceTime me rend excessivement nerveuse. C'est moi ou j'ai les mains moites tout à coup ?

FAAAA
CHAUD.

Il est temps que la cloche…

Fiou !

Ça lui arrive d'avoir le bon *timing*, ce sacré ding dong! Je me précipite à l'extérieur de la classe, et quelle n'est pas ma surprise lorsque j'arrive face à face avec Milan, qui sort du local d'histoire avec monsieur Couture.

—… t'assurer de bien réviser la matière pour le prochain examen si tu veux avoir la moyenne.

—Justement, je vais pouvoir demander à ma super prof de remédiation de m'aider! s'exclame-t-il en me désignant.

—Mademoiselle Filion! Ah ça, c'est un très bon choix!

Mais de quoi est-ce qu'ils parlent, ces deux-là?

—Un bon choix pour?…

—Ton ami Milan a un peu de difficultés à assimiler la matière ces temps-ci, et ses notes en souffrent. Il est dans la lune, ton **petit copain**.

En entendant ces mots, j'ai un drôle de frisson qui me parcourt le dos. Pourquoi «mon petit copain»?

C'est pas un « petit copain »,
encore moins le mien…

⇨ Les adultes et leurs expressions gênantes… Je sais que par petit copain, il veut dire ami, mais pour nous, ça veut clairement dire autre chose !

⟶ Malaise !  ⟵

— Euh, c'est pas… euh. En tout cas. Oui, je vais l'aider.

— Bien aimable de ta part, jeune fille ! Milan, je compte sur toi pour faire des efforts et prendre exemple sur ta *copine*. C'est une élève exemplaire.

⇨ AAAHH… PAS ENCORE ! ÇA VA, LES COPAINS-COPINES, ON N'EST PAS DANS UNE ÉMISSION DE PASSE-PARTOUT !

Au même moment, Anthony passe à côté de moi, et là, c'est *double* frisson/malaise, monsieur Couture, pouvez-vous arrêter de parler, s'il vous plaît, ce serait vraiment apprécié.

OK ? Bye !

À voir son air contrarié, il a assurément entendu le mot «copine» et il est du même avis que moi: c'est peut-être un surnom enfantin que donnent les adultes à nos amis, mais pour nous, ça veut dire autre chose.

—Penses-tu que tu pourrais rester après l'école? me demande Milan. On pourrait faire nos devoirs ensemble...

—On se parle sur FaceTime ce soir, Maya? l'interrompt Antho en venant se placer entre monsieur Couture et lui.

—Euuuh... aujourd'hui, je ne pourrai pas, Milan, il faut que je demande à mes parents avant, mais peut-être demain. Puis Antho, oui, pas de problème, on verra où on en est avec le projet. Je vous laisse, je dois aller chercher un cahier dans mon casier... *Bye!*

Au moment où je me sauve, j'entends monsieur Couture y aller d'un autre commentaire qu'on aurait préféré éviter:

—Elle est populaire, la demoiselle! Vous êtes chanceux, messieurs, vous avez toute une partenaire d'étude!

Il est bon pour nous faire étudier l'histoire, monsieur Couture, mais ça serait bien qu'il arrête de se mêler des miennes, par contre. Disons qu'avec ces deux gars-là, l'histoire est déjà assez compliquée comme ça!

À bien y repenser, tous les moments dignes d'un film ringard pour ados se sont produits dans sa classe! Du moins, tous ceux qui impliquaient

deux garçons qui sont amoureux de la même fille.

Beurk, rien qu'à y penser, je trouve ça nul comme concept.

Imagine quand je me dis que c'est ma vie... Je ne peux pas croire que j'en suis là.

Je l'ai dit dans le tome 1:

POURQUOI UNE FILLE PEUT PAS JUSTE ÊTRE AMIE AVEC DES GARÇONS!?

Parce que ton cœur n'écoute pas ce que ta tête dit,
espèce de patate !

⇨ Ben oui, toi. Il y a au moins ça de clair.

Bon, enfin, tu l'admets !!!

⇨ Oui... Je suis une patate.

Dire que je suis prise dans cette tête-là.
T'es une cause perdue, Maya Filion.

⇨ Hé, hé. Même ma petite voix en a marre de moi!

Chapitre 3
SA MAJESTÉ MAYA

En revenant à la maison, j'ai longuement songé à « oublier » de demander à mes parents la permission de rester après les classes demain, mais je me trouvais nul de mentir à mon ami (surtout qu'il m'a envoyé une capture d'écran de son dernier travail en histoire – la quantité d'erreurs soulignées en rouge fait peur !).

Évidemment, ils étaient tout emballés à l'idée que je travaille encore avec Milan pour l'aider dans ses études. Ça fait tellement de moi une jeune fille modèle…

⇨ J'avoue, je suis la première à être super heureuse quand j'ai de bonnes notes et que mes parents sont fiers de moi. Depuis que je suis toute petite,

(pas que ça ait changé, du haut de mon 4 pieds 11 (1 mètre 50 ? - je ne me souviens plus combien je t'ai dit dans le dernier tome, mais la même hauteur de nain de jardin !))

j'ai toujours hâte de revenir à la maison pour montrer mes beaux résultats à mes parents.

C'est mon moment de gloire,
comme si une partie de moi faisait
ça pour eux.

⇨ En fait, ma sœur et moi,
nous nous sommes toujours mis de la
pression pour faire plaisir à nos parents.
Pas parce qu'ils le demandaient,
mais on dirait que nous voulions
leur prouver que nous étions les meilleures,
<u>de vraies petites Miss Parfaites.</u>

Même si Co est devenue une adulte,
je sais qu'elle les appelle encore dès
qu'elle reçoit un bon résultat.
À l'inverse, elle a super honte
de leur annoncer qu'elle a eu moins
de 80 %, genre.

Je suis pareille.
De vraies tartes.

À TOI QUI FAIS DES EFFORTS :

on s'en fout de ta note, tu fais de ton mieux, et c'est ça l'important. Ne fais pas comme nous, deux folles finies qui font des crises de nerfs lorsqu'elles ne sont pas parfaites. C'est ça qui crée de l'anxiété, des crises de panique et des dépressions. Je te dis ça à toi, mais je me le dis à moi en même temps, parce que bien souvent, j'aurais besoin d'une gifle pour m'en souvenir. Tu te souviens de ma tête dans les poubelles dans le tome 1 ? Tu ne veux pas te sentir comme ça chaque fois que tu fais une petite erreur, je te le garantis !

⇨ Difficile de ne pas être une Miss Parfaite quand nous avons l'impression que tout le monde attend ça de nous. Mais surtout, quand NOUS attendons ça de nous-mêmes, parce qu'au final, c'est nous, notre plus grand critique. On se tape sur la tête par peur que les autres soient déçus de nous... On est mal fichus, hein ?!

⇨ Tout ça pour dire que
je le sais que je suis une intello,
et ça ne me dérange pas de le dire,
mais quand ça vient de mes parents,
on dirait que c'est un *turn off*.
Genre que tout d'un coup, c'est la chose
la plus ***loser*** sur la Terre, et j'ai envie
de me rebeller et d'être une ado
qui se fout de tout...

⇨ C'est incroyable à quel point
il y a un «effet parent» :
quand c'est eux qui le disent,
c'est automatiquement moins cool.

⇨ L'autre jour, ma mère
m'a demandé s'il y avait encore du
«dramatique entre Sophie-Rose et moi.
Pas du **drama**, (prononcé à l'anglaise comme le font les youtubeurs)
du DRA-MA-TIQUE.

⇨ Alors, quand ils parlent de **moi**
comme d'une enfant modèle,
je te garantis que la seule image
qui me vient à l'esprit,

c'est la petite Maya qui mangeait toute seule dans sa classe le jour où elle a porté son fameux pull vert avec « Miss Parfaite » écrit en doré.

Tu ne peux pas t'imaginer à quel point j'en ai voulu à ma mamie de m'avoir offert ce cadeau empoisonné quand tous les élèves se sont mis à rire de moi à la récré... Il n'était pas question que je me fasse embêter devant tout le monde à la cafétéria en plus.

⇨ Si j'avais su qu'elle partirait aussi rapidement, je ne lui aurais jamais dit que je détestais mon pull...

C'est un de mes plus grands regrets.

⇨ BON, stop, l'émotivité, Maya!

Tu as dit que tu ne voulais pas en parler, change de sujet maintenant!

De retour au programme principal.

Tant qu'à être une enfant exemplaire, j'ai aussi glissé un mot à mes parents à propos de la présentation orale, et bien honnêtement, j'ai rarement vu mon père aussi fier que lorsqu'il a appris que nous allions utiliser ses jeux de mots pour la partie sur le *Grand Ben*. Il ne lui en faut vraiment pas beaucoup, mais bon, c'est quand même chou de le voir réagir 😍. Lui qui mettait tellement de temps et d'énergie à créer les jeux d'énigmes, je pense qu'il est très content de savoir que je m'en souviens encore aujourd'hui.

Toujours pas de nouvelles de Coralie. Mes parents disent qu'elle est vraiment prise par les examens et l'école. Comme d'habitude, quoi. J'aurais envie de dire qu'elle est peut-être aussi trop occupée à maintenir ses deux fréquentations en même temps, mais ça serait juste méchant, même moi, je peux l'admettre.

⇨ Dire que ma sœur fréquente
deux garçons alors que moi, j'essaie
de me sauver de deux garçons.
C'est quand même bizarre que nous vivions
le même genre de situation en même temps,
sauf que d'un côté comme de l'autre,
ça peut juste mal se terminer,
si tu veux mon avis.

⇨ J'aurais aimé pouvoir
en parler avec elle. Coco aurait trouvé
les mots pour m'aider à démêler ce qui se
passe dans ma tête et dans mon cœur.
Ou du moins, elle m'aurait fait une tête
comique, et le temps d'un fou rire,
j'aurais pu oublier le sentiment désagréable
→ d'avoir un choix à faire. ←

⇨ Sauf que le choix, ce n'est
pas entre un garçon ou l'autre.
C'est plutôt entre deux amitiés,
parce que peu importe ma réponse,
ça risque de tout détruire.
Et de faire de la peine.
Ou peut-être d'apporter un peu de bonheur,
mais beaucoup de complications.
L'amour, c'est toujours trop compliqué.

J'ai donc envoyé un message à Milan pour lui dire que je pourrais rester après l'école le lendemain. Bon… Il ne me reste qu'à faire le fameux FaceTime avec Anthony.

Ça me terrorise. J'ai chaud, j'ai froid, j'ai peur, mais en même temps j'ai aussi envie de pouffer de rire de façon un peu démente. L'avantage, c'est qu'il ne sait probablement pas que j'ai finalement lu sa lettre (reçue par capture d'écran à la fin du tome 2, pages 353 et 354 si tu veux un rappel 😉). Nous ne nous parlons plus, Sophie-Rose et moi, alors pourquoi est-ce qu'elle lui aurait dit qu'elle m'a finalement envoyé une capture d'écran de son mot d'excuse ?

⇨ Je peux seulement imaginer le stress
qu'il doit vivre depuis qu'il la lui a montrée
à la bibliothèque, le mois dernier.
UN MOIS à être dans l'attente. 😮
Même pendant la sortie scolaire
aux glissades, il n'a rien mentionné,
il n'a pas posé de questions à savoir
si j'étais au courant de quelque chose...
Si c'était moi qui avais écrit un texte
pour tenter de me faire pardonner
après avoir détruit une amitié et
une possibilité amoureuse, j'attendrais
impatiemment une réponse à ma lettre...

Pire, je harcellerais ma meilleure amie tous les jours pour qu'elle m'aide !

⇨ MINUTE ! ILS ÉTAIENT ASSIS ENSEMBLE DANS LE BUS **pendant la sortie scolaire !!!** Je me demandais pourquoi il se tournait sans cesse dans ma direction. C'est de ça que Sophie et lui parlaient tandis que moi, je me faisais arracher les cheveux pendant le massage raté de Milan. 😱

⇨ Sérieux, si j'avais été à sa place, je n'aurais pas pu supporter
→ un aussi long suspense. ←
Écrire une lettre d'amour à quelqu'un sans jamais savoir si un jour la personne la lira... Encore pire, se fier à son amie pour passer le message ! C'est pour ça que je n'aime pas les travaux d'équipe : on n'est jamais satisfait du résultat quand on laisse les autres faire les choses à notre place.

⇨ Raison de plus de prendre une pause de mon amitié avec Sophie. Pour qui elle se prend, de me cacher la vérité et de garder un énorme secret comme ça !? Ça ne se fait pas, mais pas du tout !

45 MINUTES PLUS TARD

Quand je te disais que j'étais la personne qui procrastine le plus sur la terre… eh bien, c'est maintenant confirmé ! Je ne voulais tellement pas appeler Anthony que je me suis trouvé une excuse *in-croya-ble*.

JE SUIS ALLÉE NOURRIR LES ÉCUREUILS DEHORS.

En plein mois de mars !!!!

Il y en a un tout petit qui est passé devant la fenêtre de ma chambre, et j'ai commencé à me sentir mal pour lui, alors j'ai fait des recherches, et il semblerait que les écureuils sont censés avoir assez de réserves pour rester cachés l'hiver… S'il est dehors, c'est qu'il se cherche de la nourriture, non ?! 😳

Donc, plutôt que de faire face à ma peur de la sonnerie TOULOULOULOU de FaceTime, je suis allée fouiller dans le garde-manger pour trouver des cacahuètes et j'en ai dispersé un peu partout sur le rebord de la clôture extérieure. Probablement pas la meilleure des idées, puisque mes parents m'ont toujours dit de ne pas nourrir les animaux sauvages, mais là, *allez*, il fait froid et ils font pitié, bon !!!

⇨ J'en vois un qui passe sur le fil !
Descends, petit, elles sont là,
les cacahuètes !!!

⇨ Il n'a rien vu.

Passé tout droit comme si de rien n'était.

⇨ C'est quoi, l'idée de se percher aussi haut dans les arbres !? Guys, je fais ce que je peux, mais clairement, mes possibilités sont limitées, vu ma taille ! Le dessus de la clôture, c'était mon maximum !

⇨ Un autre !!!
NON, REVIENS, PETIT, ELLES
SONT JUSTE LÀ !!!

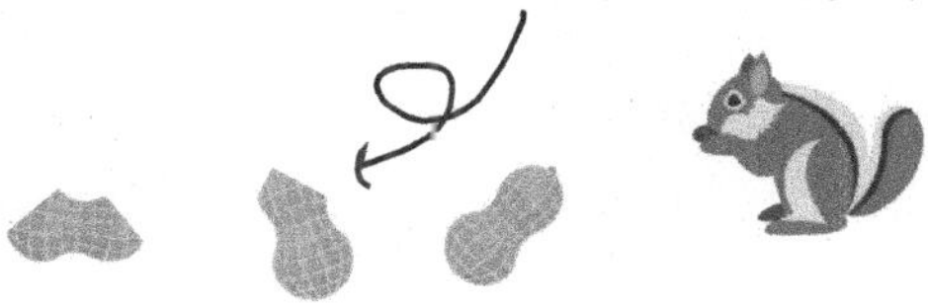

⇨ Fait : les écureuils n'aiment pas
quand tu leur cries de revenir...
Ça fait même un peu l'effet contraire.
Ils doivent se dire « mais c'est qui
la folle chaussée de bouboutes qui
nous fait de grands signes » ?!

DANGER, DANGER, DANGER,
les gars, on se tire d'ici !

⇨ La folle en bouboutes, (Ma façon à moi de dire « bottes », cherche pas pourquoi, haha!)
c'est moi, la jeune fille qui ferait
à peu près n'importe quoi pour
repousser le plus longtemps possible
sa discussion avec Anthony,
le faux prince charmant de ses rêves.

Je ne peux pas me trouver des excuses éternellement parce que le projet doit se faire de toute façon, alors je prends mon courage à deux mains, je lâche mes cacahuètes et mes p'tits amis les écureuils et je m'installe sur mon lit avec mon ordi pour l'appel fatidique.

«TOULOULOULOU...
TOULOULOULOU...
TOULOULOULOU...»

(BRUIT DÉSAGRÉABLE DE FACETIME)

Peut-être que la vie me sourit et qu'il ne me répondra...

—Salut, Maya ! Bouge pas, je vais dans ma chambre ! me dit sa voix alors qu'une séquence d'images floues défile sur mon ordi.

Une petite voix en bruit de fond crie que ça manque de sel et de poivre, puis une autre, beaucoup plus grave et avec un accent italien, réplique : « C'est la recette de mama ! Tu ne mets jamais de poivre dans la sauce à la tomâtééé », puis les deux se chamaillent, et une jeune fille crie à sa mère d'attraper la poivrière. Ils rigolent vraiment fort comme s'il s'agissait d'une bonne blague... Super fête, faire une sauce à spaghettis !

—Si tu es trop occupé, on peut se rappeler une autre fois ou juste se texter nos idées.

— Non, non, ça va, je suis à toi dans deux secondes, me répond-il, clairement agacé par le bruit que fait sa famille.

Une petite partie de moi ne peut s'empêcher de trouver ça intrigant de le voir dans son environnement familial. C'est vrai, j'ai l'impression de le connaître, mais à part le fait de savoir qu'il a une petite sœur et que son nom de famille est d'origine européenne (Da Silva, ça sonne italien, mais je pense que c'est portugais… dans ce coin-là, en tout cas)…

Les voix s'éloignent tandis qu'il se déplace dans la maison. J'entends des bruits de pas, une porte qui s'ouvre et puis se ferme, et tout à coup, *bam*, son téléphone frappe le sol.

Je profite de la confusion pour me regarder dans le bas de l'écran et replacer mes cheveux.

⇨ Sérieux, je suis vraiment
en train de replacer mes cheveux
pour un garçon qui m'a vue être malade
la tête dans les poubelles !?… 

⇨ Et c'est moi qui disais dans le tome 1 :

{ « Moi, les histoires de cœur qui tournent autour d'un garçon, je trouve ça idiot. » }

⇨ Assommez-moi, quelqu'un !!!
Ou plutôt, débarrassez-moi de ces gars-là !

⇨ Sauf que tu t'ennuierais de mes péripéties avec Milan et Anthony... et moi aussi. Ça met du piquant dans mes journées, on va se l'avouer.

—Je suis là ! Excuse-moi, je faisais mes devoirs en bas dans la cuisine. Ma mère et mon père sont en train de préparer le repas, et comme tu as pu l'entendre, c'est un peu le bordel dans ces moments-là.

—Ça va, c'était plutôt comique. D'ailleurs, c'est quoi, le problème avec le poivre dans la sauce tomate ?

—Chez les Italiens, tu ne mets ***jamais*** de poivre dans la sauce tomate. En tout cas, pas avec ma *nona*, sinon elle va te renier ! Ha, ha !

—Mais ton nom de famille, c'est pas portugais ?

—En fait, mon grand-père est portugais, d'où mon nom de famille, mais ma grand-mère est italienne. Et comme c'est la ***nona*** qui gère la cuisine, la majorité des recettes viennent d'elle. Quoique personne ne fait d'aussi bon *pasteis de nata* que mon *nono.*

⇨ Avant que tu penses qu'il traite
son grand-père de nono,
je tiens à préciser que dans les familles
italiennes, ils disent « nona » pour
grand-mère et « nono » pour grand-père.
Moi aussi, j'étais perplexe la première fois
que j'ai entendu ça, ha, ha!

⇨ Je me disais qu'il fallait vraiment
être à l'aise avec son grand-père pour lui
donner un surnom comme « nono ».
J'ai déjà dit une fois à mon père
qu'il était idiot

(Pas méchamment, juste en blague, genre
« aaahhh, t'es drôle, papa, c'est rigolo ce que tu as dit! »)

et j'ai été punie pour le reste du
week-end à cause de mon manque
de respect...

⇨ Alors non, ce n'est pas un surnom qui veut dire «stupide» comme au Québec, c'est vraiment LE mot pour désigner son grand-père.

—J'ai rien compris de la recette dont tu parles, mais ça sonne drôle.

—Les *pasteis de nata*, c'est une pâtisserie portugaise! *Tas jamais goûté à ça?!* s'exclame-t-il, offusqué comme si c'était la pire erreur de ma vie.

Quand il s'exclame comme ça, j'avoue que son petit côté italien exagéré refait surface. Je suis tellement habituée au Anthony hyper doux et silencieux que je ne peux pas m'empêcher de sourire. Il me renvoie mon sourire et, pendant un instant, je sais que nous connectons à travers l'écran. Comme avant…

—Comme tu peux voir, on a tendance à s'emporter quand il est question de nourriture, ha, ha! Mais je te promets de t'en apporter à l'école la prochaine fois que mon *nono* en fait. Tu dois absolument goûter à ça, c'est la vie!!

—Et c'est quoi, au juste?

—Du sucre et des œufs dans une pâte feuilletée. Ça a une drôle de texture quand on n'est pas habitué, mais Seigneur que c'est bon !!!

—OK… pas sûre que ça donne envie, mais j'essaierai !

Petit moment de flottement. C'est cool de retrouver cette complicité-là avec mon *ami* Anthony. Celui qui me faisait vraiment rire à la bibli, le garçon gentleman à qui j'envoyais des lettres pour lui raconter ma journée… c'est cette personne-là qui est devant moi, mais il y a un petit quelque chose de différent. Une timidité qui fait que je n'ose pas lui parler comme avant, justement.

—Ça va ? me demande-t-il, voyant bien que je suis ailleurs dans ma tête.

Je me lance. Qu'est-ce que j'ai à perdre, arrivée là ?

—Honnêtement ? Oui et non. Tu ne trouves pas ça bizarre de se reparler comme ça, alors qu'il y a deux semaines, on s'ignorait comme si l'autre n'avait jamais existé ? C'est chouette, je suis contente de parler avec mon ami, mais il me semble que c'est nul à quel point les choses changent vite ces temps-ci…

—Tu parles de ta dispute avec Sophie-Rose ? me demande-t-il subtilement.

Évidemment qu'il est au courant. Connaissant le caractère de Sophie, elle a dû lui dire de s'arranger tout seul avec sa lettre. Elle a l'air inoffensive comme un bébé chat, mais elle peut avoir la répartie d'une tigresse quand elle veut. Son système de défense est vraiment aiguisé. Je me demande comment ça se fait, d'ailleurs...

Je lui réponds :

—Pas juste avec elle : en général, avec tout le monde. Un jour, on se confie tout, le lendemain, on s'ignore comme si notre amitié n'avait jamais existé. On choisit de s'intéresser aux autres quand ça fait notre affaire, quoi ! Au nombre de personnes qui m'ont juste « larguée » dès que ma vie est devenue plus compliquée, je finis par me demander à quoi ça sert d'avoir des amis quand, au final, ils me laissent tomber à la moindre occasion.

Je pense qu'il ne s'attendait pas à une réponse aussi sincère de ma part, et moi non plus, bien honnêtement, mais ça avait besoin d'être dit. Dans le dernier mois, on m'a tellement répété que j'étais ***le grand méchant loup,*** la fille *bitch*/peu compréhensive/ égocentrique que j'ai fini par y croire. Je continue donc sur ma lancée, parce que ça me fait du bien de me défouler :

— Je passe ma vie à me sentir coupable pour les autres et à vouloir aider tout le monde, mais dès que je fais une bébé erreur, on me la reproche comme si j'étais la pire personne de l'univers. Je comprends Sophie-Rose, Coralie, J-P et même toi d'avoir été fâchés contre moi pour des choses que j'ai dites ou faites, mais à un moment donné, il y a des limites. Tous les bons moments, la complicité, la gentillesse, les services rendus, on t'abandonne quand tu fais une minigaffe ? C'est juste ça qui est dommage. J'ai littéralement ***été abandonnée*** dans la vie de ceux que j'aime le plus parce que je n'ai pas été assez parfaite pour correspondre à vos attentes. Non seulement c'est frustrant pour la « Miss Parfaite » qui veut toujours performer et avoir 100 %, mais c'est surtout vraiment difficile pour la fille qui a encore l'impression de toujours décevoir les gens, peu importe ce qu'elle fait.

Long silence.

Anthony me dévisage, mais ne dit rien.

Est-ce que c'est parce que j'ai dit « ceux que j'aime le plus » en l'incluant ?...

J'ai chaud au visage tout à coup.

Et j'ai les yeux pleins de larmes.

Ah, tiens, une larme qui coule.

Woups.
Vite, on change de sujet !

— De toute façon, dis-je en essuyant la petite humidité qui perle sur ma joue (et sous mon nez), on n'est pas là pour parler de sentiments, mais de royauté !!! Alors, pour l'exposé oral sur l'Angleterre, j'ai pensé à...

Je lui fais part de mes idées pendant les 10 minutes qui suivent. Tel un vrai petit soldat, j'ai remis mon armure pour cacher mes faiblesses. Ce n'était qu'un petit dérapage, je suis plus forte que ça. Et de toute façon, qu'est-ce que ça peut bien faire que j'aie dit tout ça à Anthony ?...

Juste avant de raccrocher, je tente de reprendre une attitude assumée pour dédramatiser le tout.

—Oh, et excuse-moi pour tout à l'heure, la reine Maya avait besoin de se défouler un peu ! Ce sera notre petit secret, comme la recette de sauce à spaghettis de ta *nona* ! Pas de poivre… ha, ha !

—Ouais… euh… OK.

Il y a un petit flottement. Je peux comprendre ; c'est fou à quel point mon rire sonnait faux. Alors, je tente d'être plus convaincante.

—Hé, pour de vrai ! Tout va bien ! J'ai eu un petit moment de *drama queen*, mais je reste une reine qui sait ce qu'elle vaut ! Ce n'est pas deux, trois disputes qui vont me faire perdre ma couronne, crois-moi ! De toute façon, à la quantité de fleurs que je reçois, je ne fais pas si pitié que ça.

Woups 2.

Je l'ai vraiment dite haut et fort, celle-là ?

Il faut croire que oui, car son visage change de couleur sur l'écran de mon ordinateur (et il est en mode « **plein écran** », alors c'est encore plus grand !).

Le sourire gêné, c'est lui qui l'affiche maintenant, accompagné de pommettes bien rosées pour une froide journée de mars.

—Si… si tu le dis, bégaie-t-il maladroitement.

—On se texte pour confirmer la date de tournage! Bon appétit!

J'affiche mon plus beau sourire, laissant croire que mes aveux un peu plus tôt n'ont jamais eu lieu.

—Euh… À toi aussi.

«APPEL TERMINÉ»

Je raccroche, étrangement fière de l'échange qui vient d'avoir lieu. Disons qu'avec la nervosité, je m'attendais à pire. Avant, j'aurais perdu tous mes moyens devant son sourire et son écoute, mais à part la petite boule dans ma gorge en parlant de ce que je ressentais par rapport au froid avec mes supposés «amis» et ma sœur, je me suis trouvée assez cool et détendue devant le garçon qui m'a mise dans le pétrin un peu trop souvent.

Est-ce que j'aurais gêné le grand Anthony Da Silva en parlant des roses ? 😈

Celui qui semble avoir le jeu parfait depuis le tout début, celui pour qui toutes les filles tombent (sauf moi… pas besoin d'un garçon, je sais me planter toute seule, 😂) serait-il tombé de son nuage, lui aussi, en réalisant qu'il avait probablement raté sa chance ?

Parce que c'est *officiel*, il a raté sa chance avec moi.

Oui, oui, je viens de décider ça, là.

C'est moi ou je ne te crois pas ?

Au diable, ma petite voix !

Appelez-moi Sa Majesté Maya.

Pendant la leçon avec Milan, j'ai réussi à esquiver les petites tentatives de rapprochement de celui-ci. Ce n'était pas grand-chose : une main qui se rapproche de la mienne, un sourire un peu trop mielleux, une accolade un peu gênante en repartant. Je suis chanceuse, c'est le prétendant le plus timide de la terre, et il a l'air d'attendre que je fasse les premiers pas… pauvre Milan, il risque d'espérer pendant une éternité un *move* que je ne ferai pas.

Plus le temps passe et plus je réalise que finalement, la Maya du camp d'intégration me manque. Celle qui riait des histoires ringardes plutôt que d'en faire partie. La fille qui lisait des livres plutôt que d'avoir tant de (més)aventures à raconter.

⇨ Pas que je n'aime pas te raconter
ma vie, au contraire, ça me fait un bien fou.
Mais parfois, j'aimerais n'avoir
→ RIEN à dire. ←
Une journée ennuyeuse, de temps en temps,
ça ne me ferait pas de tort.
Il me semble que ça serait plaisant
d'entendre parler de tes aventures
à toi à la place… ou de plonger dans l'histoire
des gens à qui je ne parle plus.

⇨ Je me demande comment ils vont, justement. C'est fou à quel point on devient coupé d'une partie de l'histoire quand on arrête de prendre des nouvelles des gens autour de soi.

Genre, ma sœur, est-ce qu'elle se dit la même chose en ce moment? Quel chapitre est-ce que j'ai manqué? En deux semaines, il a pu s'en passer, des choses, dans sa vie!

Et J-P, lui... Qu'est-ce qui se passe dans sa tête ou à la maison avec ses parents?

Est-ce que Sophie-Rose et lui parlent de moi ou est-ce qu'ils font comme si je n'existais pas?

⇨ Des fois, j'aimerais qu'ils écrivent un livre sur leur vie, eux aussi. Ça m'aiderait à comprendre ce qui se passe vraiment dans leur tête. Je pourrais le leur emprunter une fois que nous serons réconciliés, question d'assembler les pièces du puzzle qui me manquent par rapport à leurs vies.

⇨ On devrait tous écrire un livre comme ça en secondaire et le relire quelques années plus tard, afin de tous se comprendre et de rire de nos problèmes – mes parents disent qu'en vieillissant on finit toujours par rire de nos problèmes d'enfance.

J'ai hâte de rire des miens dans 10 ans, parce que les vivre en ce moment, c'est loin d'être évident.

⇨ J'ai pris le temps de me relire et je commence à réaliser à quel point ça ne va peut-être pas si bien que ça finalement...

Un jour, je suis forte comme le roc, le lendemain, je me sens molle comme du chiffon.

C'est déprimant, vivre autant d'émotions en même temps.

⇨ Je n'ai pas l'étoffe d'une QUEEN Bee 👑 🐝.

Juste celle d'une gentille *Maya l'abeille* dans une vieille émission pour enfants que regardaient mes parents.

Chapitre 4

BOOOIIINNNG !!!

Nous avons finalement réussi à trouver une date pour le tournage chez Camille. Ça avait l'air assez complexe avec l'horaire de ses parents, mais bon, ça y est !

Nous avons donc décidé de suivre mon idée de « reportage énigmatique » avec des thématiques bien précises, des petites mises en scène et, bien évidemment, la participation de notre Jalbert national !

Je dois l'avouer, c'est la première fois que j'ai hâte de faire un travail d'équipe, le week-end en plus ! Nous nous retrouvons tous chez Camille pour 9 h le matin, pour tourner l'arrivée en limousine – ses parents ont gentiment demandé à leur chauffeur de venir travailler pour nous pendant une heure.

⇨ Je me demande combien ça coûte,
un chauffeur, pour une heure ? Déjà que
le taxi et les transports en commun,
ce ne n'est pas donné, un chauffeur privé,
ça doit être vraiment cher !

⇨ C'est fou, avoir autant d'argent... pouvoir payer quelqu'un pour aller où tu veux, quand tu veux:

le rêve!!!

À son arrivée, Anthony est subjugué par la taille du domaine.

— ***Ouah!*** C'est ***gi-gan-tes-que!!*** Comment tu fais pour te retrouver dans cette maison? demande-t-il à Camille alors que nous installons nos accessoires dans une des nombreuses pièces inutilisées de la propriété.

— J'avoue que ce n'était pas évident au début. On a emménagé quand j'avais environ cinq ans, et mon sens de l'orientation était nul... ha, ha! Mais c'est surtout la nuit que j'avais peur. Le nombre de fois où j'ai fait un cauchemar et que, encore endormie, je me suis égarée en voulant descendre voir mes parents dans le salon... Disons que Jalbert a souvent joué à « trouver Camille en boule dans un coin perdu ».

— Issshhh... j'ai encore la trouille quand mes parents me laissent seule dans notre petite maison plain-pied, je n'imagine pas dans un château comme ici! Quoique ça doit faire des super chouettes parties de cache-cache, dis-je en rigolant.

— Pas quand tu joues toute seule, me répond Camille avec une vulnérabilité que je ne lui connais pas.

Je me sens mal d'avoir fait un commentaire du genre. J'avoue que je n'ai jamais vraiment appris à la connaître… Elle qui semble tellement sûre d'elle, avec son look à la mode, son attitude décontractée et ses talents en art. Disons que c'est quand même plus facile de se fier à ce qu'on voit : elle est riche, donc elle doit être heureuse !

Pendant ce temps-là, c'est elle qui doit nous juger d'avoir la réaction typique des jeunes qui envient une telle richesse. Je comprends un peu mieux pourquoi elle n'en parlait pas au début de l'année : c'est vrai qu'on a tous tendance à s'imaginer que la vie doit être parfaite quand tu as un majordome, des employés et que tu vis dans un château.

Qui n'a jamais rêvé d'avoir autant d'argent !?!

Allez !

Je chasse cette réflexion dans un coin de mon esprit, car nous devons nous concentrer sur notre présentation orale. Le chauffeur (qu'on appellera « Monsieur le chauffeur » car j'ai déjà oublié son nom 😂) nous attend dans la cour avant pour notre première scène de la journée.

⇨ Oui, oui, ils appellent l'entrée
de la maison « la cour avant ».
Tu sais, quand ton allée en asphalte
est tellement énorme que tu peux
appeler ça « une cour »... 😲

SCÈNE 1 – INTRODUCTION : ARRIVÉE DE LA REINE

Plan des portes en fer qui s'ouvrent.

La voiture fait son entrée dans la cour avant, puis s'arrête au bout de l'allée, devant le domaine. On suit le chauffeur qui vient ouvrir la porte à Sa Majesté la reine d'Angleterre.

(Maya est déguisée avec un tailleur, une perruque grise et une couronne pour ressembler à la reine,

LA REINE

(en s'adressant directement à la caméra)

Bienvenue chez moi, au Buckingham Palace,
ou palais de Buckingham, comme vous le dites
si bien par chez vous.

Je suis la deuxième reine du nom, saurez-vous
identifier celui-ci ?

ARRÊT de l'image – réponse des élèves.

LA REINE

Elizabeth *(prononcé avec un accent anglais)*, c'est juste.

Je suis née à Londres le 21 avril 1926, mais je ne suis
pas près d'abdiquer mon trône pour autant !

On suit la reine alors qu'elle s'approche des grandes portes. Un soldat (joué par Anthony) se tient bien droit et lui ouvre celles-ci.

SCÈNE 2 – ENTRÉE AU PALAIS DE BUCKINGHAM

LA REINE

Bienvenue chez moi.

LE SOLDAT

(comme s'il criait des ordres, sans émotion)

La construction du palais de Buckingham fut très complexe et prit plus d'un siècle. Celle-ci débuta en 1703 et se termina en...

ARRÊT de l'image - réponse des élèves.

1826 !

LA REINE

Le château est beaucoup plus vieux que votre vieille reine. Je dis « votre », car je suis aussi la souveraine des pays du Commonwealth, dont fait partie le Canada. C'est pour cela que vous voyez mon visage sur vos billets de 20 $ depuis de nombreuses années, ainsi que sur vos pièces de monnaie.

(en faisant un clin d'œil à la caméra)

J'étais beaucoup plus jeune à l'époque où ils ont pris ce portrait, mais ce sera notre petit secret !

D'ailleurs, est-ce que quelqu'un peut me dire en quelle année j'ai commencé à occuper mes fonctions à titre de reine de l'Angleterre ?

ARRÊT de l'image - réponse des élèves.

JALBERT

Vous êtes entrée en fonction en février 1952, Majesté. Le couronnement officiel a quant à lui eu lieu en juin 1953. Permettez-moi de prendre votre manteau, vos gants ainsi que vos bottes.

Jalbert fait des pirouettes et des courbettes pour attraper les vêtements que la reine lance dans tous les sens. Une couronne, deux foulards, un manteau, des bottes, une peluche de chat (ajouter le miaouuu au montage quand on le voit « voler » - il faut bien faire rire les élèves un peu, sinon ça va être ennuyeux).

LA REINE

(En passant devant le majordome qui est recouvert de vêtements et a le chat sur la tête)

Viens, gros minet. Jalbert, je prendrai le thé dans mes appartements, je vous prie. Une vieille dame comme moi doit se reposer.

Elle quitte la pièce en demandant au soldat de lui remettre le vrai matou (Pépin, le chat de Camille).

— ***Coupé!!!*** Ha, ha, ha! C'est tellement drôle, le chat qui vole à la fin, s'esclaffe Camille derrière la caméra. Il y a vraiment juste toi pour penser à ça, Maki!

— Maki? Drôle de surnom pour une vieille dame, non? rigole Jalbert.

— C'est Delphine qui m'a donné ce surnom-là... Pas que j'aie l'habitude de sentir le poisson, mais c'est vrai que je suis fan de sushis, hi! hi!

— Ton chat semble faire le lien entre son amour du poisson et toi, en tout cas, Cam! dit Anthony en voyant que j'ai droit à un lavage en règle de la part de Pépin, avec sa langue rugueuse.

— Bon, ça suffit, les léchouilles, Pépin ! On se calme le *carwash*, j'ai pris ma douche ce matin, c'est bon, dis-je en tenant le chat au bout de mes bras après avoir reçu un presque bisou de sa part.

— Jalbert, pourrais-tu aller chercher une confiserie à notre figurant poilu ? Il le mérite bien !

— Avec grand plaisir, mademoiselle.

Il part en me libérant les bras de cette énorme boule de poils. C'est alors que j'ai une idée.

— Parlant de confiserie, je viens de penser à quelque chose pour les questions-réponses. Ça serait probablement plus motivant si on donnait des surprises à ceux qui participent, genre des chocooooo... des chocoolaaaaa...

Aattcchouuuuu !!!!!

Je suis prise d'une attaque d'éternuements, mélangée à un fou rire énorme.

— Des chocholatchous !! Quelle bonne idée, se moque Anthony.

— Ha, ha! Pour de vrai, il nous en reste encore de la fête d'Halloween je crois, déclare Camille.

— Halloween? C'est un cadeau empoisonné, ça, répond-il en grimaçant.

— Des bonbons et du chocolat, ça reste bon tout le temps, réplique-t-elle. Je pense... De toute façon, personne ne le saura!

— Ha, ha, haaaaaa*tchouuuuuuuuu!!!!*

Je pense que quelque chose cloche sur mon visage, parce que mes deux amis me dévisagent intensément lorsque j'attire leur attention à nouveau avec un éternuement encore plus intense.

Je commence, moi aussi, à la trouver un peu moins drôle, car j'ai le visage qui me démange. J'essaie de me gratter pour me soulager, mais c'est encore pire, et tout à coup, j'ai les yeux qui brûlent, comme si j'avais reniflé de trop près des oignons fraîchement coupés.

⇨ Je sais, c'est vraiment précis comme description, mais il n'y a rien dans la vie de plus sournois que la « vapeur » d'oignons qui viennent d'être coupés.

J'ai essayé tous les trucs :

le chewing-gum, les lunettes de soleil,
l'eau sur le couteau, oublie ça !
Si quelqu'un coupe un oignon dans la maison,
j'ai les yeux qui piquent
→ même si je suis dans le sous-sol !

⇨ C'est comme ceux qui arrivent
à ouvrir leurs yeux dans l'eau salée
de la mer. Je ne comprends pas ça.
POURQUOI TU T'OUVRIRAIS
LES YEUX DANS LE SEL ?!?!

—Je pense que tu fais une petite réaction allergique à Pépin, s'inquiète Camille. Est-ce que tu as des allergies aux animaux ?

—Pas à ce que je sache, mais il faut croire que çaaaa*aaaatchouuu*... c'est ça.

Mon amie se dirige vers un interphone et compose un numéro. La voix de Jalbert retentit dans toute la maisonnée.

—Que puis-je faire pour vous ? chantonne-t-il.

— Est-ce qu'on a quelque chose contre les allergies dans la maison ? On a une reine au visage enflé, ici.

— Oh, oh ! Je vais voir dans la pharmacie et j'accours, mademoiselle !

Je ne sais pas pourquoi, mais tout ce que dit Jalbert devient automatiquement digne d'une comédie musicale un peu ringarde. On dirait que c'est le genre de personne qui se promène partout en faisant des figures de danse et des sauts excentriques ! Tu l'entends parler et tu peux l'imaginer faire des pirouettes dignes des Grands Ballets !

Pendant ce temps, je prends mon téléphone pour m'examiner avec la caméra et vérifier l'étendue des dégâts.

Oh, galère !!!

Pour te donner une idée, pense à Théo, le plus petit et le plus dodu des trois *chipmunks*… puis dis-toi que mon visage est trois fois plus joufflu que le sien.

Presque aussitôt, Jalbert arrive avec des antihistaminiques et des gants d'eau froide pour calmer les démangeaisons.

⇨ Antihistaminiques.

J'ai toujours entendu les adultes en parler quand il est question d'allergies, mais je n'avais jamais cherché le mot sur Internet. C'est moi ou c'est vraiment compliqué ?! On dirait que mon cerveau est capable de le dire, mais pas de le lire...

⇨ Si les profs mettaient ça dans leur dictée, nous serions tous en situation d'échec. C'est pire que « anticonstitutionnellement ».

On m'enveloppe donc la tête dans des lingettes, comme une momie, question d'apaiser mon petit visage boursouflé, tout en laissant mes yeux dégagés. Anthony en profite pour me filmer ou me prendre en photo, je ne sais pas trop.

— Ça fera un bon bêtisier… On ne s'attend pas à voir des momies en Angleterre, ça, c'est clair, dit-il en pointant l'objectif de la caméra sur mon gros visage enflé.

— Que je te voie mettre ça dans la vidéo !

— Ben voyons ! Toi, tu t'occupais de la réalisation et du scénario. Pour le montage, c'est moi qui décide, m'annonce-t-il, déclarant ainsi la guerre.

Pas question de faire rire de moi devant toute la classe, en plus ! J'ai eu ma dose de rigolade pour l'année avec mon dégueulis tête première dans les poubelles de l'école (après ma mauvaise note à mon examen), l'avalanche que j'ai causée dans les escaliers et mon accident aux glissades lorsque le tube* sur lequel je glissais a éclaté.

⇨ Sérieux, je ne peux pas croire que mon ego ait survécu à tout ça.

En constatant qu'il continue de pointer son téléphone dans ma direction, j'essaie de m'en emparer, mais il me voit venir et recule juste avant que je puisse le saisir.

⇨ Nous tournons les images pour notre vidéo avec une caméra qui vaut vraiment cher et qui nous est prêtée par les parents de Camille, et les images du *making of* et du bêtisier avec nos téléphones,

* Dispositif gonflable, un peu comme une bouée en forme de donut, permettant de se faire glisser le long d'un toboggan de neige.

pour ne pas laisser
de traces de nos bêtises sur
la caméra pro.

Au moment où il recule pour m'empêcher d'attraper ledit téléphone, je vois la petite étincelle que je lui connais si bien passer dans son regard. Avant que j'aie le temps d'ajouter quoi que ce soit, Anthony déguerpit à la course, comme la fois où il avait volé ***mes chocolats*** à Halloween.

C'est la guerre !!!

Je me débarrasse des compresses d'eau froide. Pas besoin de recréer *Le retour de la momie* en faisant peur aux employés qui travaillent chez Camille avec mes bandages ! Je me lance à sa poursuite dans cette immense maison qu'aucun de nous deux ne connaît.

⇨ Bonne chance !

Anthony prend un virage serré à sa gauche qui nous mène dans une énorme pièce faisant office de salon… ou de deuxième salon, car nous en croisons un autre un peu plus loin. Puis, Antho bifurque à droite, et nous atterrissons dans la salle à manger, celle où Jalbert nous avait organisé le fameux festin digne des films d'Harry Potter à Halloween !

Mon ami se positionne derrière la grande table et y va d'une tactique classique en feintant aller à gauche, puis à droite. Je connais un peu cette partie de la maison, donc je sais que s'il va vers la gauche, il débouchera dans la cuisine, alors que la porte de droite mène plutôt vers la cour arrière…

— Ça ne sert à rien de courir, tu sais que je suis plus rapide que toi, lui dis-je.

— Ha, ha, ha ! Elle est bonne. Attrape-moi si tu peux, me défie-t-il en me faisant un clin d'œil.

Boooiiinnggg !!!!!!

Ça, c'est le bruit de mon cœur qui vient de faire un saut dans ma poitrine. Le petit clin d'œil accompagné du parfait sourire: c'est ma faiblesse depuis le début avec lui.

Pas question de lui laisser un souvenir de ma tronche enflée dans son téléphone, *et encore moins* de le laisser gagner après tout ce qu'il m'a fait subir dans les derniers mois.

J'y vais donc d'une tactique digne d'une enfant de quatre ans… Je me jette par terre et passe sous la table pour aller lui attraper une cheville. Je le rate de peu et, le temps de me relever, je le vois qui déguerpit vers la porte de gauche: la cuisine.

Je rebrousse chemin en me rappelant qu'à Halloween, les chefs et les serveurs arrivaient par une autre porte, située au bout du couloir, pour venir nous servir. Il devra nécessairement sortir par là! Je n'ai qu'à écouter le tapage dans la cuisine pour comprendre que l'intrus dérange la préparation d'un repas.

—Jeune homme, *attention!* C'est une cuisine, ici, pas un terrain de jeu! s'exclame une grosse voix d'homme.

—On peut t'aider, mon grand? demande une voix de femme.

— Si c'est Jalbert qui nous envoie du renfort, tu peux te rendre utile et faire la vaisselle ! se moque le premier.

Et paf, Anthony sort en trombe de la cuisine par la porte derrière laquelle je l'attends de pied ferme.

⇨ De pied ferme,

c'est quoi, cette drôle d'expression-là ?
Qui attend quelqu'un de pied mou ?...

En fin de compte, mon pied n'était peut-être pas si ferme que ça, parce que j'avais oublié d'évaluer la force de la poussée au moment de l'ouverture de la porte… Celle-ci me frappe de plein fouet et m'expédie au sol, le derrière en premier, lesquelles s'écrasent sur la céramique de marbre.

⇨ **Encore** un accident.
Encore une cascade humiliante
signée Maya Filion. **Encore** mes fesses
qui servent d'amortisseurs.

⇨ On dirait que ça ne me fait même plus mal tellement ça m'arrive souvent. Elles se sont habituées aux nombreux rebondissements dans ma vie, elles aussi!

🙉

⇨ Mais je pense à ça...
Anthony n'est pas obligé de le savoir, lui.

😈

Je laisse échapper une petite plainte.

—Ouuuuchh…

—Oh merde! Maya, ça va? Excuse-moi, je…

C'est alors que je saisis son téléphone, mais Anthony le coquin, lui, ne lâche pas prise. S'ensuit une bataille féroce au sol, pendant laquelle nous nous tiraillons comme des gamins pour prendre possession de la bête électronique.

—Doooonnne! T'as pas le droit d'avoir une photo ou une vidéo de moi dans ton téléphone quand je suis dans cet état-là!

— Pourquoi pas ? me demande-t-il en me chatouillant pour me faire lâcher son téléphone.

— Ha, ha ! J'ai l'air d'un écureuil qui a trop mangé en été !!! Ha, ha ! Arrête, ça chatouille !!!

— Même quand tu crois que tu ressembles à rien, tu es magnifique, *miss* Filion, réplique-t-il en réussissant à me faire perdre mon emprise sur son appareil, mais sans arrêter de me chatouiller pour autant.

— Ha, ha ! Ce n'est pas vrai ! Ha, ha ! Anthoooo, arrête, mon visage va exploser pour de vrai !

Il cesse son attaque de guili-guili, mais sans me laisser m'éloigner de lui. Nous sommes tous les deux couchés par terre, moi écrasée un peu sur lui, puisque j'ai perdu l'équilibre.

J'ai du mal à respirer, mais je ne pense pas que ce soit à cause de la réaction allergique ou du fou rire… Il est trop près de moi pour que j'ose bouger, ne serait-ce que mes narines.

Genre, je ne respire plus **du tout**.

C'est con, mais la seule chose à laquelle je peux penser, c'est le sandwich aux œufs que mon père m'a fait ce matin… Tu parles d'une idée, mettre des oignons verts dans ton mélange le matin !

En tout cas, si ma séance de brossage de dents n'a pas effacé l'odeur, Anthony ne laisse rien paraître, car il ne bronche pas. De son côté, évidemment, tout est parfait : il sent la bonne lessive et la menthe fraîche, comme s'il venait tout juste de faire une pub de rince-bouche. *Pas juste, la vie !*

—Le rouge te va trop bien, me dit-il en parfait gentleman.

⇨ MENTEUR !
C'est sûr qu'i ment pour m'épargner
la plus grande honte de ma vie.

⇨ Sinon, il est aveugle.
Je savais qu'il avait un défaut.

Nous nous dévisageons pendant un moment, le souffle court (et nos bouches dangereusement proches). Lui, beau comme un dieu et qui sent le paradis. Moi, visage enflé, possibilité d'haleine d'échalote et menton doublement écrasé pour essayer de m'éloigner de lui…

Chic !

—Même quand tu penses que tu es horrible et que tu ressembles à un écureuil qui fait une réaction allergique aux arachides, tu es magnifique. ***Tu. Es. Parfaite.***

J'entends des pas se précipiter vers nous dans le corridor, mais je n'y prête pas attention. En ce moment, tout ce qui résonne dans ma petite tête, c'est le bruit de mon cœur qui bat trop fort et ma petite voix qui panique.

Boüüng
Boüüng
Boüüng !

T'IMAGINES SI ON A NOTRE PREMIER BAISER LÀ !?
AVEC UNE HALEINE D'OIGNON ? *OH MY GOD !!!*
OUI, ON LE VEUT QUAND MÊME !!!

— C'est pour ça que je…

Seigneur, il va le dire,
il va le dire, il va le dire !

Boing Boing Boing
Boing Boing Boing
Boing Boing Boing
Boing !

Powwwwwwww !!!!

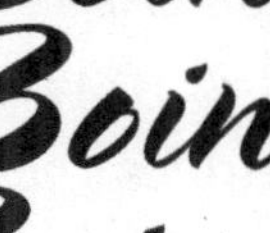

— … t'aime…

— Vous êtes complètement fous ! s'exclame Camille, enterrant la fin de la phrase d'Anthony. Les employés des cuisines sont dans tous leurs états ! Ha, ha, ha ! On dirait qu'une tornade est passée par là.

—Jeune Anthony, un peu plus et vous vous méritiez une corvée de vaisselle, ajoute Jalbert en arrivant à la suite de notre amie.

Encore en train de courir, pauvre de lui. Il ne peut pas se déplacer normalement, c'est impossible ! 😂

Mais sur une autre note :

Timing de 💩 !!!

Est-ce qu'il a bien dit ce que je pense ou c'est mon cerveau qui se fait des idées ? Je ne peux quand même pas lui demander de répéter, ça serait beaucoup trop gênant… Mais là, je veux savoir !

On DOIT savoir !

Anthony m'aide à me relever en me souriant, alors que je nettoie mon costume de reine qui est un peu poussiéreux vu mon aventure sous la table de la cuisine.

⇨ À voir le nuage gris qui
me chatouille les narines quand
je secoue ma robe,
ils doivent manger **très** rarement
dans la grande salle à manger.

⇨ Trois personnes à une table de vingt...
comment tu t'installes ?
Tous du même côté ou deux à chaque
extrémité et l'enfant en plein centre,
comme dans les films ?
Ça doit être bizarre comme ambiance,
surtout quand tu dois te passer le sel
ou le poivre... quoique ça doit être
Jalbert qui court de gauche à droite
pour le leur apporter.

⇨ Toujours l'imaginer faire
des pirouettes de danseur de ballet
pour se déplacer. Toujours. 😉

— Désolé pour la confusion et le dérangement. Maya et moi, on va être sages à partir de maintenant, promis ! s'excuse Anthony.

— *Maya* et moi ? Pfff ! C'est toi qui t'es sauvé avec ton téléphone plutôt que de me laisser supprimer les images de ma grosse tête de patate enflée ! Et c'est toi qui as semé le chaos dans la cuisine !

— Je fais ça, moi, je sème le chaos ? me demande-t-il avec un petit sourire en coin.

Je ne sais pas si c'est mon expression de vieux qui le fait rire ou s'il insinue qu'il fout le bordel dans mon cœur aussi…

— C'est pas grave, répond Camille, de toute façon, je crois que ça les a surtout divertis de vous voir faire !

— Effectivement ! répond une voix derrière nous.

Dans le cadre de la porte qui m'a assommée il y a quelques minutes se trouvent les propriétaires des deux voix que j'ai entendues dans les cuisines tandis qu'Anthony essayait de s'échapper. Ils nous dévisagent avec un petit sourire narquois. Clairement, ils ont été témoins de la scène de chatouilles.

— Le repas est servi ! annonce l'homme.

—Midi tapant, pas une seconde de plus, tel que demandé, Jalbert!

—Je vous présente Robert et Janine, le chef et sa femme-merveilleuse-à-tout-faire, qui recommande des accompagnements ***mets et vin*** à mes parents et ***mets et jus*** pour nous! rigole Camille.

Elle nous avait déjà mentionné dans une conversation de groupe que ses parents n'acceptaient pas que les jeunes consomment de l'alcool dans les fêtes chez elle. J'avoue que si tu as une sommelière à la maison, tu dois avoir tout un cellier et ***beaucoup*** d'alcool à cacher pour éviter les «dérapages». Pas pour rien qu'il y a une responsable des boissons! 😳

—Allez! Allez! C'est l'heure de manger! proclame Jalbert en nous indiquant de passer devant lui, direction la cuisine. Il faut que vous repreniez des forces pour terminer cette fameuse mascarade britannique!

Le chef et sa conjointe nous regardent avec des yeux rieurs en nous laissant passer devant eux. Jalbert nous entraîne vers une petite table basse dans un recoin de la pièce où trône déjà une montagne de sandwichs, de crudités, de fruits bien coupés et de fromages de toutes sortes. Un vrai festin!

Je ne peux m'empêcher de me dire qu'il y a une quantité phénoménale de nourriture pour trois ados.

—Woooahh!!! Mais il y en a beaucoup trop!

—Ne vous inquiétez pas, mademoiselle Maya, il s'agit d'un repas «communautaire». Tous les employés viendront manger après vous, et les restes seront redistribués aux enfants de ceux-ci pour leurs déjeuners.

—C'est ça, la famille! On partage! ajoute Camille avec un grand sourire, alors que Janine vient nous voir avec un plateau sur lequel il y a différentes sortes de jus.

—Toujours partager et donner au suivant. D'ailleurs, je viens partager avec vous nos sélections de jus. Nous avons les arômes de mangue, d'orange pressée, de fraise-kiwi et de pastèque et litchi.

Nous finissons par prendre un verre de chaque sorte parce que ça a l'air *troooop bon!!!*

En passant près de moi, Janine se penche subtilement et me murmure à l'oreille: «Vous êtes bien mignons, tous les deux ensemble.»

Cette fois-ci, c'est vrai: je pense que je suis rouge tomate +++!

—Vous êtes encore écarlate, mademoiselle Maya. Désirez-vous d'autres compresses d'eau froide ? me demande Jalbert en décochant un clin d'œil à Janine.

Ils se sont clairement déjà parlé ! Les rumeurs vont vite en cuisine, c'est le cas de le dire.

—Non, ça va, je crois que les médicaments de tout à l'heure commencent à faire effet. Et je suis pas mal certaine que le jus à la pastèque et litchi a des propriétés magiques pour guérir les réactions allergiques : c'est tellement bon !

— *Tout* est trop bon ! ajoute Anthony entre une bouchée de sandwich au porc effiloché et un morceau d'un fromage coulant à souhait.

—Content de l'entendre, nous remercie le chef Robert.

—Sur ce, nous vous laissons profiter de cette petite pause-repas, annonce Jalbert en faisant signe à ses collègues de retourner à leur besogne en cuisine. Madame Camille, je serai dans la pièce d'à côté si vous avez besoin de quoi que ce soit.

—OK ! Merci pour tout ! répond Camille, comme si c'était normal de se faire servir un si grand festin par des gens qui ne restent même pas pour en profiter avec nous.

Anthony et moi sommes sur la même longueur d'onde, car il pose la question avant que j'aie le temps d'ouvrir la bouche pour faire autre chose que me goinfrer.

⇨ Du cheddar vieilli, le brie le plus coulant de la terre et d'autres fromages qui puent énormément, mais qui ont le goût du ciel:

c'est le paradis!

⇨ Même les crudités sont taillées à la perfection, en plus d'être dans une assiette de service plus que parfaite.

⇨ Le sandwich au poulet et canneberges est un délice, et que dire de celui aux charcuteries italiennes...

C'est à tomber par terre!

⇨ Au sens figuré.
J'ai eu ma dose de chutes.

— Pourquoi est-ce qu'ils ne mangent pas en même temps que nous ?

— C'est la règle. Mes parents tiennent à ce qu'ils conservent leur statut d'employés, donc qu'ils se retirent une fois leur tâche accomplie. J'avoue qu'il m'arrive de leur demander de rester manger avec moi, mais ils semblent toujours un peu mal à l'aise…

J'ose aborder « la » question qui, d'après moi, brûle aussi les lèvres d'Anthony.

⇨ Pas que je lui regarde les lèvres...
<u>NOT!</u> 

— Et tes parents, ils sont où ?

— Ils travaillent dans leur bureau.

— Ici ? Un samedi ?

— Ouais, au deuxième. C'est pour ça qu'on fait le tournage en bas, pour ne pas les déranger.

— Ah… OK.

Ma réponse reste en suspens. Je ne sais pas trop quoi penser de la situation et je constate que je ne suis pas la seule à trouver ça étrange en voyant le regard perplexe qu'Anthony lance dans ma direction. Je comprends que la maison est énorme, mais comment tu fais pour être aussi absent si tu travailles ici ? Et ce n'est pas un peu bizarre que ce soient les employés qui s'occupent de Camille et de nous, alors que les parents de mon amie sont présents dans la maison ? Ça doit être un des sacrifices à faire quand on est riche…

Camille doit lire notre étonnement sur nos visages, car elle y va d'une confidence plutôt personnelle.

—Je sais, c'est bizarre. Mes parents ont beaucoup d'argent, et ça peut avoir l'air cool, vite comme ça, mais la majorité du temps, c'est vraiment ennuyeux. J'ai souvent l'impression qu'ils utilisent leurs sous pour se sentir moins coupables de ne jamais être là. Si ce n'est pas un voyage d'affaires ou des réunions au centre-ville qui finissent hyper tard le soir, ils sont enfermés dans leur bureau à régler des dossiers.

—Moi, mes parents sont toujours sur mon dos… Des fois, je trouverais ça cool qu'ils s'absentent eux aussi pour le travail, question d'avoir un *break*, déclare Anthony.

—Moi aussi, les miens sont *trop* présents. La pression qu'ils me mettent en essayant toujours de tout contrôler, en plus de me demander constamment où je vais, avec qui, à quelle heure je reviens… J'aimerais ça, avoir de l'air comme toi, Cam.

—Je donnerais tout ce que vous voyez dans cette maison pour être à votre place et avoir des parents énervants… Vous savez, juste avoir l'impression qu'ils s'intéressent à leur fille, ça serait bien, de temps en temps.

Ouch.

Dit comme ça, j'avoue que c'est triste. S'il y a une chose dont je ne manque pas, ce sont des marques d'affection de mes parents. Même si des fois, je trouve qu'ils en font trop et me tapent sur les nerfs, j'imagine que c'est mieux ça que rien du tout.

—Je suis enfant unique, en plus. La maison est vraiment gigantesque quand, en plus d'avoir des parents absents, tu n'as ni frère ni sœur pour te tenir compagnie, déplore-t-elle. Ouais, disons que même si ma vie a l'air *wow* vue de l'extérieur, je l'échangerais n'importe quand contre un peu de bordel familial et des parents envahissants.

Silence. Je ne sais pas si je suis censée faire une blague pour détendre l'atmosphère ou serrer mon amie dans mes bras. Un mélange des deux?

⇨ Nous sommes à cette étape
de notre relation où Camille,
c'est mon amie de bande, mais ce n'est pas
mon amie «proche-proche»,
alors je ne sais pas trop comment agir.

⇨ On s'aime bien, mais en même temps,
on ne se connaît pas vraiment...
Ça serait peut-être bizarre
si je me levais pour lui faire un câlin.

⇨ Je ne veux pas qu'elle croie
que j'ai pitié d'elle...

À mon grand soulagement, c'est la principale intéressée qui brise la glace et se moque un peu de la situation.

—Mais je n'échangerais Jalbert pour rien au monde! C'est la «nounou» la plus hyperactive que j'ai vue de ma vie! Ha, ha! Mais ne lui dites pas que je l'ai appelé comme ça, il *dé-tes-te* ça. Monsieur a son orgueil, même s'il passe son temps à courir dans tous les sens.

—J'aurais plutôt dit qu'il se déplace comme une ballerine, à coups de grands jetés et de pieds pointés…

C'est plus fort que moi, je devais faire la remarque. 🙊 🧜‍♀️

—C'est un peu vrai, ça, rigole timidement Anthony, qui ne sait plus trop où se mettre étant donné qu'il connaît Camille encore moins que moi.

—Ha, ha! J'avais jamais vu ça comme ça, mais maintenant que vous me le faites remarquer, c'est tellement vrai! Bon, avez-vous fini de manger? Il faut se remettre à filmer, sinon on ne finira jamais.

— *Yesss!!!* Prochains costumes? me demande Anthony.

—Tu te déguises en horloge, moi, en théière, et Camille, en Belle de *La Belle et la Bête*! C'est l'heure de parler du Big Ben, de l'heure du thé et de l'accent *britiiiish*!

—Pourquoi *La Belle et la Bête*, déjà? demande notre hôte.

— Parce que même s'ils parlent souvent français, le *remake* du film avec des vraies personnes a été fait avec quelques acteurs britanniques, dont Emma Watson.

— Je ne sais pas où tu trouves toutes ces idées-là, mais c'est dingue ! s'exclame-t-elle.

— Il y en a, dans cette petite tête-là… Quand elle n'est pas enflée, en tout cas !

Chapitre 5
SI MAMIE ÉTAIT LÀ…

La journée de tournage s'est super bien déroulée, et nous avons vraiment eu du plaisir à jouer les scènes, tous les trois ensemble. J'ai appris à découvrir une fille que je ne connaissais pas et j'avoue que ça m'a fait remettre beaucoup de choses en question…

Ça sert à quoi de rester fâché contre les gens qu'on aime ?

Je te l'ai dit dans le tome 2, je pense : je me suis toujours sentie hyper coupable de rester en froid avec ma famille et mes amis. J'ai peur qu'il leur arrive un malheur et que je n'aie plus jamais l'occasion de m'excuser.

Mais c'est plus que ça.

J'ai la chance d'avoir des gens qui m'aiment assez pour me gronder, m'envoyer promener et m'ignorer quand je l'ai bien mérité… Et même si ça ne sonne pas cool du tout, c'est en écoutant Camille que j'ai réalisé que finalement, j'ai peut-être de la chance.

En revenant à la maison en fin d'après-midi, mon premier réflexe a été d'aller déranger mes parents dans leur ménage pour leur faire un énorme câlin.

⇨ J'ai dit les déranger,
pas les aider.

Ha, ha, ha!

— Mais que nous vaut cette dose d'amour spontané? me demande ma mère.

— Maya Filion, qu'est-ce que tu as à te faire pardonner? demande mon père en présumant automatiquement que j'ai fait quelque chose de louche.

⇨ Tu vois, ÇA, c'est le genre
de réaction de mes parents
qui m'énerve royalement au quotidien.
En temps normal, j'aurais eu envie
de soupirer en entendant mon père dire ça.
Probable que je lui aurais même répondu
avec un ton super agacé pour lui faire
comprendre que «je n'ai rien fait, mais
merci de penser que j'ai toujours quelque
chose à me reprocher »!

⇨ Si je leur avais un jour donné
une raison de croire que j'étais une
délinquante finie, OK! Mais sérieux,
il n'y a pas moins rebelle que moi...
Coralie a vraiment dû en faire, des conneries,
pour qu'ils aient ces réflexes-là.

⇨ Ou alors, mes parents sont juste
naturellement craintifs pour moi
et pensent que si je ne passe plus
mes après-midi à faire des devoirs,
c'est que je suis probablement en train

**de prendre de la drogue
dans la cour d'école.**

⇨ Je suis certaine que c'est déjà passé
par la tête de mon père. Il a tellement
peur de ce qui peut nous arriver, dans
cette « ère où tout est accessible »
pour les « jeunes influençables
de notre génération ».

⇨ **Une vraie réplique de vieux...**
mais qu'est-ce que tu veux, mes parents
sont vieux! On ne se le cachera pas.

⇨ Bon, respiiiiire, Maya,
tu n'étais pas là pour râler mais pour
les remercier d'être… je ne peux pas croire
que je vais dire ça…
aussi énervants, parfois. 

—T'inquiète, papa, j'ai été sage comme une image! dis-je en lui décochant mon sourire le plus angélique (et flatteur) de la terre.

—Hmmm, hmmm… me répond-il, moqueur.

⇨ Tu vois, une dispute évitée!

Si je lui avais répondu sous le coup
de l'émotion, j'aurais été de mauvaise
humeur, lui aussi, et je serais probablement
allée dans ma chambre en me disant que
mon père ne comprend rien.

⇨ On me l'a souvent répété, mais c'est vrai
que ça aide d'apprendre à tourner sa langue
sept fois avant de parler/de respirer
par les trous de nez/de mettre de l'eau
dans son vin/toutes les expressions louches

qui veulent dire de te calmer les nerfs et d'être moins ***intransigeant*** avec ceux que tu aimes.

⇨ Intransigeant :
Qui ne transige pas, n'admet aucun compromis.
(Larousse)

⇨ La définition même de mon père et de ses principes, quoi...

AUCUNE FLEXIBILITÉ,
C'EST COMME ÇA, POINT.

Demande-lui ***Pourquoi?***
et sa réponse sera ***Parce que!***

Ben tiens!

⇨ J'avais envie d'insérer un mot compliqué – ça fait trop longtemps que je n'ai pas regardé les définitions dans le dictionnaire. À faire bientôt, ça me manque de recopier des mots de vocabulaire.

⇨ Pourquoi je prends la peine de me rendre encore plus cool, hein?

#NOT

—Je voulais juste vous dire merci. Je sais que je ne suis pas toujours gentille et que je dis souvent que vous ne comprenez rien à ce que je vis, mais je suis consciente que des fois, quand vous me dites non ou que vous me réprimandez, c'est pour me protéger et m'apprendre des choses dans la vie.

—Mon doux Seigneur! Mais d'où vient cette grande révélation? s'étonne mon père.

—Je sais pas... dis-je en jouant avec les cordons de ma veste, hésitante à l'idée de leur faire part des confidences de mon amie. Camille a dit des trucs qui m'ont fait réfléchir aujourd'hui. Des fois, on a peut-être tout l'or du monde, mais on n'a pas l'amour... Et ça, même si c'est ringard à dire, ça s'achète vraiment pas.

—Je l'aime bien, moi, cette Camille, me dit ma mère en me couvant du regard comme seule une maman peut le faire.

—Tu vois, c'est ce genre de regard là, maman... Le regard «mère poule» que je trouve souvent énervant et qui fait que je te dis de me laisser tranquille. Ben, merci de ne pas toujours me laisser tranquille, parce que souvent, j'en ai besoin, et tu le sais mieux que moi.

En me tournant vers celui qui me fait régulièrement soupirer d'exaspération, j'avoue :

—Même chose pour tes mauvaises blagues et tes remontrances, papa… Je sais que tu ne veux pas être méchant, même si, des fois, je te dis que je te déteste et que la vie est injuste… Je suis chanceuse d'avoir un père assez présent pour me dire non par moments. En fait, je suis vraiment chanceuse d'avoir des parents présents qui se soucient de moi.

Ma mère a les yeux pleins de larmes, et je vois que mon père tente d'avaler la petite émotion qui rend son teint plus rosé.

—*Mais là*, ça ne veut pas dire que vous pouvez me dire non tout le temps ! Vous restez vraiment énervants par moments et vous ne comprenez rien les trois quarts du temps, mais pour le quart qui reste, je veux vous dire merci… Profitez-en, c'est rare que vous allez entendre ces paroles sortir de ma bouche.

Ma mère éclate de rire, mais des larmes continuent de couler sur ses joues. Mon père m'attrape par les épaules et me fait une grande accolade de papa ours.

Bon, malaise, j'ai fait pleurer mes parents. J'essaie de détourner l'attention pour qu'ils se calment avec leurs émotions.

— Dans le fond, demain, on va dire que j'ai eu une bulle au cerveau et on pourra retourner à nos bonnes habitudes : je jouerai le rôle de la fille ingrate, et vous, celui des parents beaucoup trop exigeants qui veulent tout contrôler, OK ?

— J'allais justement te dire que ce serait parfait si tu allais faire le ménage de ta chambre, avec cette belle attitude, me suggère ma mère.

— C'est sûr que tu te moques ! Elle est très bien, ma chambre.

— Dis ça aux amis qui se promènent en petits groupes sous ton lit. Bon plan pour retrouver des vieux restants de poissons au fromage – parce qu'on sait que tu en apportes dans ta chambre pour en manger dans ton lit ! C'est « beurk dégueu », comme tu dis, ajoute mon père en m'imitant de façon vraiment exagérée.

⇨ Une autre affaire qui me tombe
royalement sur les nerfs...
mais pas aujourd'hui, on va dire.

Je viens de leur faire une superbe déclaration d'amour, je ne vais quand même pas tout ruiner avec mon attitude « super ado, comme dirait ma mère.

⇨ Dans le fond, je fais un peu la même chose, moi aussi... j'utilise leurs expressions de vieux en les imitant...

— Puisqu'on parle d'amour et de gratitude… As-tu des nouvelles de ta sœur ? s'enquiert ma mère.

Je reconnais déjà son petit ton. Si elle me pose la question, c'est qu'elle connaît déjà la réponse et qu'elle a quelque chose à me dire.

— Non… mais toi oui, à ce que je vois.

— Disons qu'on s'est un peu parlé aujourd'hui. Elle m'a demandé comment tu allais. Je sais que vous vous êtes sévèrement disputées pendant les congés, et on a eu une sérieuse discussion avec elle, mais peut-être qu'il serait temps que tu utilises toute cette bonne énergie pour tenter de réparer les pots cassés, ma chouette.

—Je sais… je suis juste fatiguée de devoir toujours faire les premiers pas. C'est comme avec J-P et Sophie, ils ont aussi leurs torts dans tout ça ! Ils jugent ma vie comme si la leur était parfaite. Euuuhh, vraiment pas !

—Alors, c'est pour ça que Jean-Philippe n'était pas des nôtres au dîner, la dernière fois, constate mon père.

⇨ Bravo pour la déduction, champion. 😐

⇨ Issshhh… heureusement que je ne l'ai pas dit à voix haute celle-là. **Le sarcasme et mon père, ça ne fait pas bon ménage !**

⇨ Déjà qu'ils veulent me faire faire des corvées de ménage, pas besoin de casser plus de pots.

—Ouais, c'était pour ça, mais aussi parce qu'il s'est mêlé de ce qui ne le regarde pas. En fait, ils ont tous mis leur nez dans ma vie sans me le demander. J'avoue que je n'ai pas été parfaite non plus, mais justement, j'en ai marre de toujours devoir être la plus parfaite de la bande, celle qui passe au-dessus de son ego pour faire les premiers pas. Pourquoi est-ce que les autres ne le font pas pour moi, des fois ? Je trouve juste ça fatigant de toujours être celle qui se sent coupable pour tout le monde. Même avec vous, je finis toujours par venir m'excuser en pleurant… j'aimerais avoir du caractère, parfois !

— Du caractère ? Disons que tu en as à revendre, du petit caractère, Maya Filion ! s'esclaffe ma mère.

— Depuis que tu es toute petite, tu es notre petit diable de Tasmanie. Toujours en train de dépenser un surplus d'énergie et de tomber partout.

— Ça, ça n'a pas vraiment changé, je me plante encore régulièrement. Mais j'aimerais que les gens m'aident à me relever des fois, plutôt que de m'écraser de tout leur poids, disons.

— Ça, c'est ta perception, Maya, me dit mon père. Parfois, les gens qu'on aime se sentent blessés, alors que nous, on essaie seulement de les aider ou de les protéger. Le nombre de fois où on a eu droit à des crises de « Je ne t'aime plus » et « Vous êtes les pires parents de l'univers » après vous avoir dit non, à ta sœur ou toi… Ça fait mal à un cœur de parent, mais on sait qu'au fond on a des bonnes raisons de dire non et qu'un jour…

—Un jour on comprendra quand on sera parents, bla-bla-bla…

—Tiens tiens, le retour du petit caractère, me fait remarquer mon père sur un ton moqueur.

⇨ Petit caractère, <u>mon œil</u>.
Je ne fais que cligner des yeux,
et il fait un commentaire comme quoi
« je lui manque de respect quand je roule
les yeux comme ça »… 😱 🙄
C'est sûr que ça me donne envie
de réagir dans ces moments-là.

⇨ Aaahhh… je déteste ça quand
il prend un petit ton condescendant
avec moi…

Respire, Maya, respire !

—Je veux juste dire que c'est frustrant de toujours ressentir de la culpabilité. Pourquoi est-ce que je ne peux pas continuer à vivre normalement, moi, si je sais que quelqu'un est fâché ?

—Parce que ce n'est pas comme ça qu'on t'a élevée, ma chérie, me répond doucement ma mère. Souviens-toi de ce que disait mamie : il ne faut jamais...

—Se coucher fâché, je sais.

Un ange passe. Pas comme dans les films romantiques où je blaguais en disant que j'imaginais un ange en couche-culotte passer entre les deux personnages principaux en tirant des flèches, non. Cette fois-ci, j'ai plutôt l'impression que c'est ma mamie qui passe entre nous et nous entoure d'amour. Juste à y penser, j'ai des frissons.

—Je m'ennuie de mamie... Si elle était là, elle se serait déjà organisée pour tout régler entre Coralie et moi.

Je ne peux pas m'empêcher de verser une larme en pensant à elle.

—Tu sais qu'elle est toujours là, avec nous, me dit ma maman en me prenant dans ses bras.

—Mais c'est vrai que si elle était encore sur terre, elle te dirait de te remuer et de tout régler, qu'on puisse s'amuser ! ajoute mon père.

Je ris en essuyant mes larmes. C'est vrai que mamie utilisait toujours l'expression « se remuer ! » lorsqu'elle voulait que nous nous dépêchions ! Surtout quand elle était en train de cuisiner et que nous devions aller nous laver les mains avant de pouvoir mettre la main à la pâte, littéralement.

Elle avait aussi un sale caractère et s'excusait très rarement… Pourtant, elle répétait toujours qu'il ne faut jamais se coucher fâché et s'assurait tous les soirs que Coralie et moi arrêtions de bouder ou de chigner avant d'aller au lit.

Je crois qu'au fond c'est un peu sa faute si j'ai aussi peur de perdre les gens que j'aime. Je ne croyais jamais la perdre, elle.

—Tu vas voir, ça va se régler très bientôt. Je te le promets, me rassure ma maman, comme l'aurait fait ma mamie.

Après m'être assurée que mes parents ne s'effondraient pas en larmes à cause de leur ***merveilleuse*** fille, je me dirige dans ma chambre et je m'écrase sur mon lit avec mon téléphone. J'ai plusieurs textos d'Anthony, avec des extraits vidéo du tournage d'aujourd'hui. D'après ce que je peux voir, il s'est déjà mis au montage, et ça sort plutôt bientôt!

ANTHONY

Anthony

Vidéo 04.jpeg

Maya

C'est vraiment cool, ce que tu as fait jusqu'à maintenant!

Merci de faire ça, Antho.

D'habitude c'est toujours moi qui finis par me taper le montage.

Anthony

Plaisir, mademoiselle! Ça me permet de tomber sur des petits joyaux comme ceux-ci...

Maya

Je te permets de la garder, mais t'as pas le droit de l'utiliser, OK? 🙏

Anthony

T'inquiète. Je la garde juste pour moi. Pour me rappeler de ne plus jamais te faire pleurer... T'es trop belle quand tu ris. 🌹

Booooiiiinnggggg! Mon cœur!

Je ne sais pas si c'est le discours sur l'amour que j'ai fait à mes parents qui me fait encore de l'effet, mais j'ai soudainement envie de lui dire ce que je ressens, là, maintenant. La simple vérité, sans trop y penser.

ANTHONY 🙂

Maya

Tu me manquais...

Anthony

Tu me manquais aussi... ❤️

Baaaaannnng !

Je viens de tomber en bas de mon lit. Pour de vrai.

On dirait que c'était beaucoup trop d'émotions d'un coup, mon corps a eu le drôle de réflexe de se lancer sur le côté... mais le côté d'un lit simple, c'est le plancher ! 😂

Je suis écrasée sur le sol, face contre terre, et je ris.

Ma mère débarque dans ma chambre en courant et me trouve là, un peu hystérique sur mon tapis.

— Ça va ?!

— Oui, oui ! Comme je suis maladroite, je me suis pris les pieds dans le tapis !

⇨ Mauvaise actrice, tu dis ?

😂

Ma mère me dévisage. Clairement, elle sait que je cache quelque chose, mais mon sourire de dinde doit la rassurer. 

⇨ Je ne suis pas capable de l'enlever. Mon sourire est figé sur mon visage, comme si je faisais semblant, **tellement c'est trop… trop!!!** Je me sens vraiment nouille, mais je n'y peux rien. C'est plus fort que moi, je souris tellement que j'en ris.

⇨ Dinde, nouille, manque juste la tarte et c'est un repas de Thanksgiving tout ça! Si je me fie à mon cœur qui bondit dans ma poitrine, je vais me traiter de tarte assez rapidement merci.

— Pour ton information, on va commander du chinois pour manger. C'est bon pour toi?

— ***Ouiiiii!!!***

— D'accord… contente de voir que ça te fait tant plaisir, me répond-elle en fronçant les sourcils, l'air de dire : « Tu me caches quelque chose, ma coquine. »

ding

Un autre texto qui vient d'entrer.

Boing Boing Boing.
Boing Boing Boing.
Boing Boing Boing.
Boing Boing Boing.
Boing Boing Boing.
Boing Boing Boing !

Je tremble d'excitation simplement à l'idée de regarder mon téléphone. ***Il a mis un cœur après son*** «Tu me manquais aussi»!

Un cœur!!!
Aaaahhh!!!

Ça veut tout dire!!!

Pour une fois, je suis bien d'accord avec ma petite voix.

Je prends une bonne respiration et j'attrape mon téléphone qui était resté sur mon lit.

⇨ Oui, je reste par terre
pour vivre tout ça! Juste au cas où
me viendrait l'envie de me lancer
sur le côté à nouveau.

⇨ Au moins, cette fois, je suis déjà
sur le plancher.
Je ne pourrai pas tomber plus bas.

⇨ J'ai envie de faire
mille et une parenthèses pour
garder le suspense.

⇨ C'est pas pour t'énerver,
c'est juste que je suis moi-même beaucoup
trop énervée pour regarder.

⇨ Ahhh, si Sophie-Rose ou
Coralie étaient là, elles pourraient
le lire avant moi !

⇨ Pas J-P, lui, il rirait de moi
en disant que je suis complètement folle
et que c'est juste un texto.

⇨ On s'en reparlera le jour
où il sera amoureux !

⇨ *Oh my God*, c'est là, là...
Je n'ose pas regarder.

⇨ Je te demanderais bien de le lire avant moi, mais ça ne se peut pas vraiment... je suis consciente que si je prétends te montrer mon téléphone, en fait, je ne fais que recopier l'échange entre Anthony et moi, donc, je devrai l'avoir lu avant.

⇨ Je tiens à le préciser au cas où des adultes liraient ça, pour ne pas qu'ils commencent à croire que Maya Filion a un sérieux problème de voix dans sa tête vu qu'elle montre ses textos à des amis qu'elle s'invente en écrivant, mais qui existent seulement dans l'univers parallèle de la lecture. Oufff, ça devient compliqué.

⇨ Je suis en pleine possession de mes moyens et de ma tête, promis juré!

(Quoique, avec mon sourire et mes gloussements de dinde, j'ai tout sauf l'air d'être en possession de mes moyens.)

Bon, j'ai l'air folle et je le suis un peu, comme tout le monde, OK?

⇨ BON, COURAGE !

Je tourne mon téléphone vers toi,
comme si tu étais à côté de moi,
puis je me dis que tu le lis.

MILAN

Milan

Salut Maya !

Juste te dire que je pensais à toi.

Je t'aime -xxx-

Ça aurait été cool que tu puisses supprimer le message avant que je le voie. Admettons que tu avais été là…

Ou Coralie.

Ou Sophie.

Ou même J-P.

C'est vrai, j'ai vraiment l'air tarte, là.

T'as vraiment l'air tarte.
Tarte, dinde, nouille, tout ça à la fois.

Voilà, c'est dit.

Maintenant, je fais quoi ?

Chapitre 6

BISCUIT CHÎNOIS

—Le dîner est servi !!!

C'est la voix de mon père qui me tire de mon coma émotionnel. Je pense que la Reine des neiges est passée dans ma chambre et m'a jeté un sort de congélation quand j'ai vu le texto de Milan.

Tout pour ne pas me laisser envahir par la culpabilité… celle de l'avoir complètement oublié. Mon ami, le garçon qui a été là quand j'en avais besoin, le seul qui m'a respectée et m'a encouragée plutôt que de m'écraser.

Comme une *bitch* finie, je l'ai relégué au second plan dès qu'Anthony a recommencé à me parler. C'est exactement ce que j'ai fait avec Sophie-Rose quand Delphine est revenue dans ma vie.

Non mais, je suis donc bien une amie de ***merde*** !?

Je comprends que plus personne ne veuille m'adresser la parole, je les laisse tous tomber les uns après les autres, en espérant qu'ils seront quand même là pour me soutenir quand ça va mal... Je suis mal placée pour leur donner des leçons, moi qui leur ai tous dit de se mêler de leurs affaires et qui ai jugé leur vie à eux.

Et ça aura pris le tome 2 au complet pour que je réalise ça ?

⇨ T'aurais pu me faire signe, tu sais, toi qui me lis !

⇨ Mais d'un autre côté, même un signal de fumée, je pense que ça n'aurait pas été assez pour que je réalise à quel point le problème dans tout ça, **c'est moi.**

Toujours couchée sur le tapis à côté de mon lit, je fixe le plafond en me demandant sincèrement ce que je vais faire. Je ne sais pas par où commencer : Milan, Anthony, Sophie-Rose, J-P, Coralie, me lever, me coucher ?

C'est vrai que dormir, c'est souvent la meilleure façon de se faire une idée… ***OK bye, bonne nuit !***

GGRRRRRRRRRRR !

Ça, c'est le bruit de mon ventre qui se lamente. J'avoue que les sandwichs et les fromages chez Camille, ce midi, étaient vraiment bons, mais j'ai encore faim. Je suis gourmande, je suis comme ça ! Malgré ma petite taille, il y a toujours de la place dans mon estomac…

« ***Mayaaaa, manger !!!!*** »

Bon, peut-être qu'une petite soupe won ton va m'aider à y voir plus clair. Sinon, je noierai ma peine dans les rouleaux de printemps et le chop suey. ***Amen !***

Je me relève péniblement, mon corps et ma tête endoloris par ce trop-plein d'émotions en si peu de temps. Je me dirige vers la cuisine en traînant les pieds. Quelle n'est pas ma surprise quand je vois que mes parents ont commandé de la nourriture pour une armée !!!!

- 6 soupes won ton
- 12 rouleaux de printemps
- Du poulet soo guy
- Du poulet aux amandes
- 3 contenants de riz frit
- Du chop suey
- Des légumes vapeur
- Des raviolis avec sauce aux cacahuètes
- Du tofu général Tao
- Un pad thaï aux légumes
- Plein de biscuits chinois (il n'y en a jamais trop)

Si, comme moi, tu aimes ça, manger du chinois, c'est clair que je viens de t'ouvrir l'appétit...

hé, hé, hé!

J'en avais envie depuis longtemps, mais comme le seul restaurant que nous aimons est quand même assez loin, il faut une occasion spéciale pour que mes parents décident d'en commander et de faire autant de route pour aller le chercher.

(Car ils ne livrent pas jusqu'à Sainte-Rosalie.)

Au moment où je me dis que c'est impossible que nous réussissions à manger tout ça à trois (même si nous mangeons des restants pour les quatre prochains jours), la sonnette de la porte retentit.

— Est-ce qu'on attendait des gens pour manger ? dis-je à mon père alors que ma mère se dirige vers la porte pour accueillir les invités mystères.

— Euuuh… demande à ta mère ! me répond-il, soudainement gêné.

⇨ Mon père est NUL
pour mentir ou détourner la vérité.
C'est peut-être pour ça que je suis
vraiment pourrie, moi aussi, et que je me
sens toujours obligée de tout dire
à mes parents.

⇨ Après ça, ils s'imaginent
que je peux être sauvage…
→ **Elle est bonne, celle-là !** ←
Je n'arrive même pas à leur mentir
quand ils me demandent ce que j'ai mangé
à la cafétéria et que je réponds que j'ai pris
juste un bagel à la place du repas complet…
et que, donc, il leur revient de l'argent. 😂

→ Nous avons tous déjà fait ça, au secondaire : manger quelque chose de moins cher sur le menu de la cafétéria pour garder le surplus d'argent... ha, ha !

→ Ma sœur m'a dit qu'à force d'épargner sur les biscuits — quand je pense qu'elle a été capable de se passer des biscuits à l'avoine hyper moelleux ; moi, je ne pourrais jamais 😲 — elle a réussi à s'acheter une robe à 75 $...

c'est 75 biscuits à 1 $, ça.

→ Soixante-quinze jours de tristesse, si tu veux mon avis. Tout ça pour une robe ? Naaaan merci !

⇨ Parlant de ma sœur...

Attends une minute :
des légumes vapeur, du tofu général Tao,
un pad thaï aux légumes...

⇨ Et des portions gargantuesques,
comme si un ogre venait manger
à la maison...

C'est à ce moment que j'entends leurs voix dans l'entrée.

— C'est vraiment dernière minute, m'man ! C'est bien parce qu'on mange du chinois que je fais ça pour toi ! dit-elle en riant.

— Tut, tut, tut, tu fais ça pour toi… et pour vous ! la corrige ma mère.

⇨ À quel moment est-ce qu'on commence
à dire « tut, tut, tut » dans la vie ?!

Je n'ai jamais entendu ma sœur ou un
adulte cool dire ça, juste des parents...
Ça doit être une expression qui s'attrape
quand tu as des enfants... ha, ha !

—Merci pour l'invitation, c'est vraiment très apprécié! Désolé encore une fois d'avoir raté le dîner à la fin de la semaine de congés, j'avais beaucoup d'études à faire pour l'école, et…

—Pas besoin de te justifier, Jean-Philippe. Tu es là ce soir, et c'est tout ce qui compte. Allez, le dîner est déjà arrivé!

Ma sœur et mon ancien meilleur ami/grand frère arrivent dans la cuisine et me voient. *Silence*. C'est à qui osera parler le premier. Mon père, clairement mal à l'aise dans ce genre d'intervention organisée pour régler les conflits, se détache du groupe pour aller chercher deux manteaux: le sien et celui de ma mère.

—Donc, le repas est là. Vous faites comme chez vous, on ne devrait pas rentrer trop tard, annonce-t-il de façon expéditive.

—Comment ça, vous partez?! dis-je, estomaquée.

—Oui. Ton père et moi, on a des billets pour un spectacle ce soir, alors on s'est dit que ce serait bien que Jean-Philippe et Coralie viennent te tenir compagnie. Vous pourrez en profiter pour… discuter.

Je vois clair dans le jeu de ma mère: je ne sais pas exactement ce qu'elle a magouillé, mais il y a anguille sous roche. Bon, ça y est, je parle comme elle!

—Vous allez voir un spectacle et vous ne me l'aviez même pas dit ?

—Ce sont des billets qui nous ont été offerts par la compagnie de ton père, me répond maman du tac au tac.

—Ah oui, pour quel spectacle ?

—J'ai dit spectacle ? C'est un match du Canadien *, excuse-moi, se corrige-t-elle..

—Mais vous n'aimez même pas ça, le hockey !

—Il n'est jamais trop tard pour développer de nouveaux champs d'intérêt, déclare mon père sur le ton du papa qui ne veut pas qu'on remette en question sa crédibilité... même si elle n'est pas forte, forte en ce moment.

Même si nous avons été en désaccord sur plusieurs points dernièrement, J-P et Coralie semblent aussi perplexes que moi.

⇨ Mes parents qui vont voir du hockey et disent qu'ils vont peut-être développer un intérêt pour ce sport, c'est comme dire qu'un jour je serai grande... C'est beau de rêver, mais personne ne te croit... ha, ha, ha!

* Canadien(s) de Montréal - Équipe de hockey sur glace de Montréal.

— Soyez prudents, c'est extrêmement glissant dehors, intervient Co. J'ai pris J-P chez lui en passant, les routes sont glacées.

— Merci de nous avertir, Coralie. Soyez sages, les enfants, et n'hésitez pas à nous appeler s'il y a quoi que ce soit.

Mon père, aussi subtil que moi quand j'essaie de me faufiler à la cuisine la nuit sans réveiller mes parents *(pas du tout subtile, les foutus planchers n'arrêtent pas de craquer)*, y va même d'une petite chansonnette de notre enfance pour passer son message.

— « Pas de chicane dans ma cabane ! * »

Ça puis un néon qui dirait *« Intervention parentale »,* même histoire.

Au moment où la porte se referme derrière eux, nous ne nous sommes toujours pas dit un mot. C'est finalement Jean-Philippe qui brise le silence.

— Est-ce qu'on peut régler tout ça en mangeant, au moins ? J'ai vraiment faim.

Ma sœur et moi hochons la tête et nous assoyons à nos places habituelles, sans pour autant toucher aux

* « Pas de chicane dans ma cabane » est une expression québécoise qui signifie « pas de chamaillerie dans ma maison ».

plats. Jean-Philippe, lui, n'hésite pas une seconde et commence à remplir son assiette avant d'entamer une soupe.

Malgré ma décision de régler tous mes problèmes un par un, une partie de moi tient à ce que ma sœur fasse les premiers pas. Je me force donc à résister :

1

À la nourriture devant nous qui sent troooop bon.

2

À l'envie de rire de J-P et de son manque
de classe quand vient le moment de s'empiffrer
comme un cochon.

3

Au besoin de crier à Coralie que je l'aime
et qu'elle me manque même si elle m'a mise en colère
la dernière fois qu'on s'est vues.

4

À l'envie de lire son « roman de vie » à elle
pour savoir ce qui s'est passé ces
deux dernières semaines.

5

Et aussi de lui raconter le mien…
même s'il y a beaucoup trop de choses
que je voudrais lui dire d'un coup.
Je ne saurais même pas par où commencer.

Nous attendons donc toutes les deux en silence, avec comme trame de fond le bruit de mastication de J-P qui se goinfre.

— Sérieux, les filles, c'est ***délicieux !*** Vous devriez en profiter pendant que c'est encore chaud. ***Oh miam,*** des raviolis, ça a l'air bon ! dit-il en tendant la main vers le plat que tout le monde convoite chez les Filion.

— ***Pas touche à nos raviolis !!!***

⇨ Il faut savoir que dans notre famille,
les raviolis sont sacrés. C'est LA chose
que tu ne peux pas toucher à moins
de vouloir te retrouver avec une
fourchette enfoncée dans la main.

➡ (Sans blague,
c'est violent, ha, ha!)

⇨ Quand nous étions toutes petites,
c'était la guerre entre Coralie et moi
pour avoir les raviolis Nos parents étaient
découragés et n'arrêtaient pas de nous
répéter que nous devions plutôt unir
nos forces pour obtenir ce que nous voulions.
Nous avons compris ce qu'ils voulaient dire
quand, un soir, ils ont commencé à manger
avant nous et n'en ont laissé
qu'un dans le plat.

Nous étions démolies !

À partir de ce jour, nous nous sommes
mises à faire équipe et à nous les partager
entre nous pour vider le plat avant
même que mes parents ne soient à table,
au grand désespoir de ceux-ci.
Ils ont rapidement compris qu'ils venaient
de se faire avoir en voulant nous donner
une leçon, et que plus jamais ils ne seraient
capables d'en manger sans devoir
nous passer sur le corps.

Coralie et moi, nous sommes toutes les deux debout et nous nous jetons sur le plat de raviolis avant même que J-P ait le temps de comprendre ce qui se passe. Au moment de nous en emparer, nous nous figeons toutes les deux, puis nous éclatons de rire devant le ridicule de la situation.

— Il fallait bien que ce soit des raviolis qui vous aident à vous réconcilier… se moque notre ami, qui continue de porter sa fourchette à sa bouche comme si de rien n'était.

⇨ Il faut croire qu'il ne m'en veut peut-être pas tant que ça, finalement.

⇨ Ou c'est juste parce que c'est un garçon qu'il n'a pas les mêmes priorités que moi : entre son orgueil et son estomac, c'est son estomac qui passe en premier.

— Bébé sœur, je suis désolée.

— Non, c'est moi qui m'excuse ! J'ai vraiment été *bitch* avec toi.

—Oh, avec moi aussi, m'interrompt J-P en prenant une autre bouchée.

—Toi, étouffe-toi avec ton chop suey! lui dis-je en riant.

—Il me semblait bien que la Maya que je connais n'était pas disparue. L'autre avait un sens de l'humour trop artificiel et beaucoup moins sadique, ça faisait presque peur tellement c'était plastique.

—Pfff, toi, tu fais peur avec ta bouche pleine.

—Bon, bon, pas de dispute, les enfants! nous nargue ma sœur en me passant les raviolis pour que je me serve en premier, comme dans le *bon vieux temps*.

—Tout ça pour dire que je m'excuse à vous deux, OK... Je sais que vous vouliez juste m'aider et me réveiller, mais je me sentais attaquée et j'ai eu l'impression que je devais riposter.

—Je comprends... c'est vrai qu'on a peut-être un peu exagéré, avoue Coralie.

—Tu sais, considérant toutes les fois où tu m'as dit que les parents te mettaient trop de pression pour que tu sois parfaite, tout d'un coup, j'ai eu l'impression que tu me faisais la même chose.

— Je ne veux tellement pas que tu vives la même chose que moi, justement ! Je voulais t'éviter de faire les mêmes erreurs que moi, genre, te mettre tout le monde à dos par peur de déplaire.

— Ouais... *Raté !*

— Puis moi, pourquoi tu m'en voulais, déjà ? me demande J-P le plus sérieusement du monde.

Je le regarde, incapable de croire qu'il ne s'en souvient pas.

— Euuuh... tu m'as traitée de *bitch, remember ?*

— Non, j'ai dit que ton amie Delphine avait l'air d'une *bitch* et que tu commençais à avoir sa petite attitude.

— Ben c'est ça, c'est une insulte par association.

— Bon... OK, dit-il en levant les yeux au ciel. Quoi d'autre ?

— En ski, t'étais méchant avec moi.

— J'étais pas méchant, je t'ignorais. Je trouvais ça vraiment nul que tu n'invites pas Sophie, en plus de la remplacer par une fille qui la traite vraiment mal. Toi-même, tu t'es moquée d'elle en disant qu'elle n'avait pas d'argent.

—Je ne me suis pas moquée, j'ai juste dit la vérité! C'est vrai que ses parents ont l'air d'avoir moins de sous et que ce n'est pas évident d'organiser des activités à cause de ça. Elle a toujours une drôle d'excuse pour ses absences ou son retard… C'est comme si ses parents consacraient toujours leur temps à ses deux plus jeunes frères. Comme si elle était de trop.

—À la place de supposer, ça ne te tentait pas de lui demander?

—Serais-tu à l'aise de lui demander ça, toi?

—… non, pas vraiment

—C'est ça.

—Puis, à part ça. Qu'est-ce que j'ai fait pour mériter ta frustration par texto?

—J-P, je ne suis pas là pour justifier tout ce que j'ai fait. J'ai dit que je m'excuse et je le pense sincèrement, mais j'avais mes raisons. Quand les gens se mêlent tous de ta vie en même temps et te disent comment tu devrais agir, c'est frustrant. Surtout quand ça vient de ceux que tu considères comme ta famille… Vous vous êtes tournés contre moi et vous vous êtes acharnés à coups de «T'es pas assez parfaite» et de «*Nous*, on ferait pas les choses comme toi.» Je ne m'attends pas à ce que vous soyez toujours d'accord avec moi et je sais que je suis loin d'être parfaite, mais ça fait vraiment mal d'avoir l'impression que tes meilleurs amis sont contre toi. As-tu pensé à ça, toi, J-P ? Tu prenais la défense de Sophie sans arrêt, alors que c'est *moi*, ta petite sœur. Peut-être que j'avais juste besoin qu'on me protège et qu'on m'écoute plutôt qu'on me détruise en me disant tout ce que je faisais de pas correct ? Même chose pour toi, Co, dis-je en me tournant cette fois-ci vers ma sœur qui m'écoute, bouche bée. Ce qui me faisait le plus de peine dans tout ça, c'est de ne pas pouvoir vous parler honnêtement et d'avoir l'impression que je devais cacher une partie de moi-même si je voulais avoir votre attention sans avoir peur de me faire juger... Je ne dis pas que vous étiez obligés de prendre mon parti, mais disons que ça aurait été sympa de ne pas me faire ramasser comme si j'étais la pire personne de la terre...

—Tu nous as pas mal secoués, toi aussi. Dans ma tête, mon bébé sœur est toute douce et fragile. Je pense que je ne m'attendais juste pas à te voir vieillir d'un coup et qu'une partie de moi voulait te protéger en étant sévère avec toi.

—Mais il y a déjà les parents pour ça !

Bon, ça y est, je pleure. Ma sœur et mon ami semblent comprendre que le grand méchant loup qu'ils pointaient du doigt n'est en fait qu'un petit chat qui a fait des erreurs et qui demande pardon, rien de plus que ça.

—Ma vie est trop bizarre en ce moment. Je n'ai pas demandé à me faire détester par toute la bande de Chloé qui m'en veut de lui avoir volé son petit copain. Alors que je ne l'ai même pas fait, en plus ! Et puis, je n'ai pas fait exprès d'oublier la fête de mon amie, je voulais juste avoir un mini *break* et ne pas me sentir obligée de toujours dire oui quand des fois, j'avais envie de dire non. J'avais envie de penser à moi un peu, et regardez ce que ça a donné : à cause de ça, tout le monde me déteste, y compris vous ! Je me suis mis mes meilleurs amis à dos, en plus de me faire juger et traiter de briseuse de couple par tout le monde qui est au courant pour la rose, parce qu'évidemment, Chloé est allée tout raconter ! Puis ça, c'est sans oublier que je risque de faire de la peine à Milan, qui s'attend à ce que je lui réponde je sais pas trop quoi parce qu'il m'a fait une déclaration d'amour la semaine dernière.

—Hein ? s'exclament Coralie et J-P en chœur.

—Justement, il y a plein de choses que vous ne saviez pas avant de me juger comme vous l'avez fait. Il y a des personnes qui font des choses vraiment horribles dans la vie et qui passent leur temps à être méchantes, mais moi, peu importe ce que je fais, même quand j'essaie de protéger les autres, je finis par être perdante et me faire détester. Je suis une Miss Parfaite qui énerve quand elle l'est trop, mais qui au fond ne l'est jamais assez pour personne, alors pourquoi ne pas en profiter pour frapper dessus un peu plus ? C'est Maya : elle est gentille, Maya. Elle ne dira rien, Maya ! Elle se sent constamment trop coupable de faire de la peine aux autres, alors elle préfère être celle qui mange les coups. Elle s'organisera avec sa douleur après, quand tout le monde aura fini de se défouler.

Mes épaules sursautent au rythme de mes sanglots. Ça me fait un bien fou de partager ça avec eux, même si à voir leurs expressions, ils sont encore en train de traiter l'information. Ma sœur est la première à réagir et fait le tour de la table pour venir m'enlacer.

—Je suis tellement désolée, ma chouette…

—Je suis juste fatiguée !!! Quand est-ce que je vais être « assez » ?

Je la sens tout ébranlée par ma question, comme si elle se revoyait à mon âge. Ses yeux se remplissent de larmes, et elle sanglote à son tour en resserrant son étreinte.

—Tu es assez, Maya! Ne laisse personne te faire croire le contraire, pas même ta vieille sœur frustrée ou ton meilleur ami trop glouton pour déposer sa fourchette et venir te faire un câlin, lui aussi!? s'indigne-t-elle en indiquant clairement à J-P que c'est le moment de nous rejoindre et de dire quelque chose à son tour.

—Je suis désolé, la p'tite, me dit-il timidement en se joignant à notre étreinte de groupe.

Nous restons comme ça un bon moment, jusqu'à ce que je me calme un peu. J'ai le nez qui coule intensément, et ça, J-P me le fait remarquer assez rapidement.

—C'est bien parce que je t'aime que je te laisse me morver dessus! s'esclaffe-t-il en allant me chercher un mouchoir sur le comptoir de la cuisine.

—Désolée... je suis *tellement* désolée d'avoir été méchante avec vous.

—Bon, là, tu arrêtes de t'excuser, tu prends une grande respiration, tu te fais une assiette et on parle, OK? me propose Coralie.

Je trouve que c'est une bonne idée, parce que je me sens un peu faible tout à coup. Tu parles d'une journée riche en émotions! Digne du Goliath à La Ronde*, mais étourdissante comme les petites tasses qui tournent et intense comme le Monstre** qui a

* La Ronde est un parc d'attractions situé sur l'île Sainte-Hélène, à Montréal.
** Le monstre est un manège du parc de loisirs La Ronde. Ce sont les plus hautes montagnes russes en bois à double voie en Amérique du Nord.

toujours l'air d'être sur le point de tomber en ruine (surtout avec le bruit que ça fait).

Nous nous réinstallons tous à nos places, et je me prends une petite soupe won ton pour commencer.

—Tu te souviens que, plus jeunes, on appelait ça de la soupe Kleenex? Disons que c'est approprié pour ce soir, hein! me taquine J-P en me faisant un clin d'œil... puis en allant me chercher un autre mouchoir parce que mon gros nez ne veut pas arrêter de couler.

— ***Ouiiii!*** À cause de vous deux, j'ai eu du mal à en manger pendant des années. J'avais toujours l'impression qu'il s'agissait de Kleenex sales... Beurk, j'ai encore des frissons rien que d'y penser. Merci, J-P, déclare ma sœur en repoussant sa soupe.

Je ris en les voyant agir de la sorte, tous les deux. Ça me rappelle de bons souvenirs, mais surtout, ça me fait réaliser pourquoi je suis chanceuse de les avoir dans ma vie. OK, ce n'est pas toujours facile, et il y en aura d'autres, des disputes, mais au moins, je sais qu'ils seront toujours là... C'est ça, la famille.

Nous passons la soirée à nous raconter nos vies et à dire des bêtises. Étrangement, nous ne parlons pas trop de nos problèmes ou des deux dernières semaines... En fait, nous effleurons le sujet rapido et nous nous concentrons sur le positif à la place. Puis, nous sortons les jeux de société, mais notre partie de Monopoly est interrompue par nos parents qui reviennent assez tôt (pour des gens qui sont allés voir un match de hockey, en tout cas) et s'installent à table avec nous. Ma mère fait réchauffer deux assiettes pleines que mon père et elle dévorent avec joie. Je crois qu'ils sont fiers de leur petite manigance, mais surtout heureux de nous voir tous aussi souriants.

—Alors, votre soirée ? s'enquiert ma mère (entre deux bouchées de soupe aux Kleenex 😉).

—Épouvantable, répond sarcastiquement ma sœur. On s'est battus, Maya et Jean-Philippe ont fait une guerre de riz frit, les won ton ont servi de munitions et encore *pire*... J-P a essayé de nous voler nos raviolis.

—Euuhh, j'ai rien volé, tu sauras. J'ai juste approché ma main du plat et j'ai eu peur pour ma vie. Je vous déconseille d'essayer, se moque-t-il.

—Aaaah, ça, ce sont nos deux petites filles adorées... et complètement cinglées, s'esclaffe mon père.

Je lui demande en riant :

—Pfff... on tient de qui, tu crois ?

— ***De ta mère !*** répond-il du tac au tac.

Celle-ci lui donne un coup de coude et lui fait une grimace. Même s'ils sont plus vieux que la moyenne (dans la cinquantaine, parce qu'ils m'ont eue tard), des fois je trouve qu'ils ont l'air de deux adolescents... J'espère qu'un jour, moi aussi j'aurai l'air de ça avec mon conjoint et mes enfants : d'une mère un peu fatigante et envahissante comme la mienne, mais surtout d'un couple qui s'aime. Parlant de s'aimer, je me demande s'ils ont aimé la partie de hockey.

— Et, finalement, comment était la partie ?

— Avez-vous développé un attrait important pour le hockey sur glace, chers parents ? ajoute ma sœur en les taquinant.

— Ça a l'air que c'était super.

— Qui a gagné ? dis-je.

— Une des deux équipes, là... répond vaguement ma mère.

— Dis donc, êtes-vous allés voir un match de hockey ou quoi ?

Mes parents rient, tout comme J-P et Coralie qui savent clairement quelque chose que moi, je ne sais pas.

—Maya… Il n'y avait même pas de match ce soir. Les Canadiens jouent, genre, à Tampa Bay demain, laisse tomber mon grand frère.

—Tu nous as vraiment crus? me demande mon père, hilare.

—Voyons, sœurette, tu connais papa! Il n'aurait *jamais* la patience de conduire jusqu'au centre-ville pour aller se foutre dans le trafic, en plus de devoir se battre pour une place de parking et de payer trop cher pour une boisson et une part de pizza… ha, ha, ha! Tout ça pour du hockey, en plus? Tu rêves!

—J'avoue que ça n'avait pas trop de sens dans ma tête, mais *papa qui ose me mentir!* Ça par exemple!

—Oh que je déteste ça… Mais c'était pour la bonne cause. Votre mère m'avait convaincu qu'une petite soirée entre vous vous ferait du bien, et à ce que je vois, elle avait raison.

—« *Maman a toujours raison* », se vante-t-elle fièrement.

Je ne peux m'empêcher d'être curieuse.

—Alors, vous êtes allés où, finalement?

— On a été délinquants…

— Délinquants ? s'inquiète ma sœur.

— On est allés **Chez Yolande** manger deux hot-dogs et une poutine* avec un coca !!!

— C'est ça que vous appelez de la délinquance, ici ? s'esclaffe J-P. Les filles, c'est officiel, vos parents sont **wild !**

Ceux-ci rigolent comme deux gamins pris en flagrant délit… de *fast-food* ? Ma sœur et moi échangeons un regard complice, car il faut l'admettre, ils sont mignons quand même.

— Non, ce qui fut « sauvage », comme tu dis, Jean-Philippe, c'est de me promener en auto avec votre mère qui lâchait des gaz sans arrêt ! nous confie mon père, déjà mort de rire.

⇨ Oui, mon père a vraiment pris la peine de traduire le mot wild » qu'a utilisé J-P…

⇨ Et oui, mon père a trahi » ma mère qui a pété !
HA, HA, HA, HA !

* La poutine est un plat typique du Québec constitué de frites et de fromage « en grains », nappés d'une sauce brune.

—*Chéri!* Comment oses-tu dire ça devant les enfants? s'indigne ma mère, toute gênée tout à coup.

—Quoi… on leur a toujours dit de dire la vérité, non? la taquine-t-il.

—Tu n'étais pas mieux que moi, espèce de toi! Tu sais que j'ai toujours eu de la difficulté à digérer ça, moi, les hot-dogs vapeur.

—Et moi, j'ai roté ma boisson toute la soirée, alors on est quittes! avoue mon père.

—Beurk, p'pa! Dire que vous parlez de ça à table, se lamente ma grande sœur. Je sais pas comment vous faites pour avoir faim…

—Disons que notre dîner est loin. Ça fait quand même trois heures qu'on est partis.

—Mais qu'est-ce que vous avez fait tout ce temps-là?

—J'ai tenté de survivre aux attaques malodorantes de votre mère…

—N'essaie même pas! On était supposés aller marcher dans la vieille partie de la ville, mais il fait vraiment un froid terrible, alors on s'est promenés en voiture pour ensuite venir se garer devant la maison…

—Vous êtes sérieux? Vous avez passé, genre, deux heures dans l'auto pour nous laisser avoir notre soirée?

Je suis bouche bée. Je trouve que mes parents sont tellement ennuyeux et bornés des fois, alors que là, j'ai l'impression d'avoir un couple d'adolescents qui fait des bêtises devant moi. Ils ont l'air tellement relaxes, tellement cool tout à coup.

—On ferait n'importe quoi pour vous, les filles... Et pour toi aussi, Jean-Philippe! Tu es comme le garçon qu'on n'a jamais eu, ajoute ma maman avec amour.

—C'est tout comme, à la quantité de nourriture que tu engloutis! rigole mon père.

—Parlant de nourriture, il reste les biscuits chinois!

Nous nous emparons tous d'un biscuit, tradition familiale oblige. À *go,* tout le monde brise le sien, et nous lisons les messages qu'ils contiennent à haute voix. Il y en a plusieurs qui n'ont pas de sens. Ma sœur en attrape un double, alors que celui de ma mère fait bien rire tout le monde puisqu'il dit:

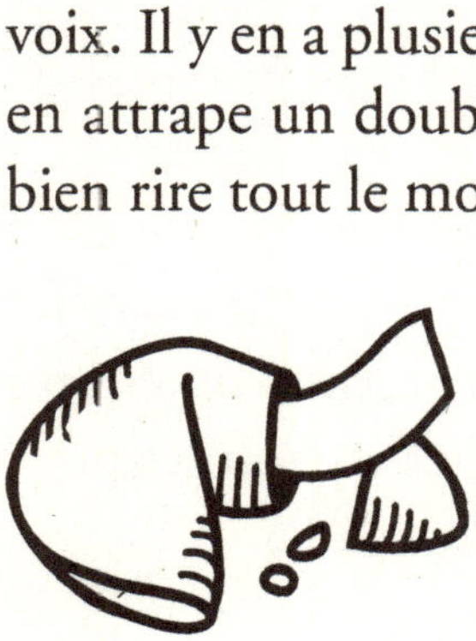

«Soyez honnête avec vous-même, sinon la vie se chargera de dire la vérité.»

— C'est bon, mon mari a déjà été assez honnête pour moi ce soir ! déclare-t-elle en faisant référence à ses légères flatulences.

Puis, il y a le mien.

— Qu'est-ce que ça dit ? me demande Coralie.

« Sachez vous entourer d'un noyau familial solide. La famille n'est pas donnée, c'est à vous de la créer. »

Je regarde les gens autour de moi et je me dis que c'est ça, ma famille… C'est un peu dysfonctionnel, c'est loin d'être parfait… mais c'est parfait pour moi.

Chapitre 7

UN « RÉSUMÉ » QUI PREND UN CHAPITRE 😂

Nous avons joué aux cartes, nous avons ri, J-P s'est obstiné pour rentrer à pied malgré les conditions météo (il m'a textée une fois chez lui pour me dire qu'il s'est planté 😂) et finalement, Coralie est restée dormir, car mes parents et elle ont pris un peu de boisson alcoolisée en fin de soirée. Honnêtement, on aurait dit un réveillon de Noël : c'était le temps des réjouissances et des retrouvailles en toute simplicité, sans stress, sans peur de déplaire, *parfaitement imparfait*.

Plutôt que de dormir dans son ancienne chambre et moi dans la mienne, nous avons fait comme lorsque nous étions petites : mes parents nous ont installées dans le canapé-lit du salon, ma sœur et moi. Nous avons donc pu discuter, couchées l'une à côté de l'autre, jusqu'aux petites heures du matin, malgré la fatigue qui alourdissait nos paupières.

— Je suis vraiment contente que tu sois là, Coco. Tu m'as terriblement manqué dans les dernières semaines.

— Moi aussi, ma puce. Alors, tu me parles de ce qui te tracasse ?

— Hiiii, oh là là… t'es certaine que tu veux qu'on commence à cette heure-là ? J'en ai pour un moment.

— Fais-moi un topo, alors ? On gardera les détails pour une autre fois, parce que j'avoue que sinon, je risque de m'endormir.

— OK, mais pas le droit de m'interrompre jusqu'à la fin de mon résumé !

— Pourquoi je ferais ça ?

— ***Parce que tu le fais toujours !*** T'es comme maman, tu as constamment un petit commentaire ou une parenthèse à faire !

— Regarde qui parle.

⇨ Ah, là, elle n'a pas tort !
Je passe mon temps à faire des parenthèses, même à l'écrit.

⇨ Oh mon Dieu…
je deviens comme ma sœur →
ET comme ma mère!!! (Ça, c'est pas le pire.)

⇨ C'est le début de la fin.
D'ici quelques années, je vais regarder
les émissions ringardes de l'après-midi
en faisant des commentaires
sur les vêtements des madames et
les coiffures des monsieurs.

« Ah, lui, je mettrais bien ses pantoufles
en dessous de mon lit»,
« Elle, elle a l'air haïssable!! »,
« Mon Dieu que ça ne lui va pas bien,
un chapeau et des lunettes! »
« As-tu vu ses tatous, il a l'air d'un p'tit
délinquant! » comme dirait ma mamie.

—Promis, je t'écoute jusqu'à ce que tu me donnes le *go*! dit-elle en replaçant son oreiller, attentive.

—Donc, en résumé : en attendant que papa vienne me chercher, alors que j'étais à l'extérieur, à l'entrée de ton immeuble, toute seule, frigorifiée et apeurée après notre dispute…

—Hé! Ça va, la mélodramatique! fait semblant de s'offusquer ma sœur. Je t'ai dit de sortir de chez moi parce que tu m'as manqué de respect, j'avais une bonne raison.

—Bonne raison ou pas, tu viens de m'interrompre…

Elle laisse échapper un petit grognement, clairement frustrée de ne pas pouvoir se défendre.

Je lui fais signe de garder le silence, puis je reprends mon récit (en exagérant un tout petit peu cette partie-là, juste pour le fun). 😈

—Donc, je disais: j'étais à l'extérieur, seule, apeurée et frigorifiée, mes bouboutes en minou encore toutes mouillées après notre expédition dans la neige froide.

J'entends ma sœur qui ronchonne en écoutant l'énumération de mes souffrances, alors je me calme un peu, sachant qu'elle a tendance à se sentir coupable aussi facilement que moi. Je prends donc la peine de corriger mon histoire:

—Heureusement, mon système immunitaire devait être «boosté» à fond par la trop grande quantité de chocolat chaud engloutie pendant les congés. Peu importe, je me sentais vraiment comme de la crotte. J'avais l'impression que mon meilleur ami et ma grande sœur faisaient équipe contre moi, alors j'ai texté J-P pour lui dire de se mêler de ses affaires.

J'avais besoin de parler à quelqu'un et je ne savais plus vers qui me tourner, si bien que j'ai appelé la seule personne qui ne m'a pas jugée durant toute cette période-là : Milan. Il a été vraiment gentil, il m'a écoutée, puis en raccrochant, j'ai cru l'entendre me dire, genre : « Je t'aime. » Ouais, nul, je savais pas trop comment réagir, mais je n'ai pas eu le temps d'y penser parce que mon téléphone a fait un grand **ding** ! Tu sais, le foutu **ding** que je déteste tant ? Ben celui-là, je l'ai détesté à en mourir. C'était Sophie-Rose qui m'écrivait pour me dire, en somme, que j'étais une mauvaise amie, que je ne la méritais pas et qu'elle « cassait » avec moi. C'est parce qu'on s'était disputées et que je lui avais dit que j'avais juste besoin d'un *break*, sauf qu'elle l'avait mal pris. Puis, pour se venger, elle m'a envoyé une capture d'écran d'une lettre qu'Anthony m'a écrite juste après la Saint-Valentin, mais qu'elle ne m'avait jamais donnée parce qu'elle ne trouvait pas le bon moment… Comme s'il y a un bon ou un mauvais moment ! Grouille, et c'est tout ! En plus, elle a dit qu'elle a essayé de m'en parler, mais que je ne voulais pas l'écouter – c'est sûr, une de ces fois-là, ça s'est terminé en avalanche dans les escaliers ! Elle a ajouté qu'elle faisait ça pour me protéger, mais sur le coup, ça m'a vraiment fâchée.

Je n'ai pas pu m'en empêcher, je devais savoir ce qu'il y avait dedans, et à mon grand malheur, c'était parfait… Une lettre d'excuses incroyable, mais aussi une lettre d'amour qui a l'air tout droit sortie d'un conte de fées. Tu sais, quand les parents disent que toute situation dépend de la personne avec qui tu la partages et dans quel état d'esprit : ben là, la déclaration d'amour d'Anthony arrivait dans une grosse déprime, alors que j'étais fâchée contre vous trois, perplexe à cause des aveux de Milan, et tout ça, toute seule sur un trottoir.

Je prends une grande respiration et je vois que ma sœur en a besoin, elle aussi.

⇨ Quand je pars sur une histoire, j'ai tendance à accélérer le débit et à faire des phrases très longues, comme tu peux voir.

⇨ Dis-toi que le hamster dans ma tête court très vite en ce moment, alors c'est normal que le tien aussi doive accélérer la cadence.

⇨ Quoique tu connais déjà l'histoire, mais on dirait que lorsque c'est plein de potins et d'événements comme ça, c'est toujours bien à réentendre. En tout cas, moi, j'adore ça...

[Surtout quand ce sont les potins des autres!]

—Alors là, j'étais déprimée, en colère, mais surtout tellement triste de vivre tout ça en ayant l'impression d'être seule au monde et que personne ne me comprenait... Puis c'est là que Milan m'a juste complètement tuée – pas pour de vrai, mais son texto a enfoncé le clou dans le cercueil d'une soirée trop intense pour moi – en me demandant ***par texto*** si je voulais sortir avec lui. Comme quand j'étais petite et que je demandais aux parents de regarder *Star Académie* plus tard le soir, dans le genre du «Oui, non, peut-être»!! Le malaise, tu vois! C'était trop, je voulais juste disparaître, puis c'est là que papa est arrivé, et j'ai juste pleuré, pleuré, pleuré.

De retour à la maison, j'ai dû rassurer maman qui paniquait et s'attendait au pire, puis ils se sont calmés parce qu'ils ont bien vu que j'étais juste épuisée par la vague d'émotions. D'ailleurs, je ne sais pas ce qu'ils t'ont dit quand ils t'ont parlé, mais désolée s'ils t'ont engueulée. Je dois par contre avouer que ça a fait du bien de sentir que quelqu'un prenait mon parti, pour une fois.

Quand je me suis réveillée le lendemain, les parents étaient juste trop remontés et voulaient vraiment me faire plaisir, mais moi, j'avais décidé d'être forte et de faire comme si de rien n'était, alors j'ai eu la bonne idée – *nope* – d'inviter Milan à aller patiner, en me disant que j'avais besoin de voir du monde et que peut-être il serait trop gêné pour me parler. Ce fut effectivement le cas, sauf qu'à la fin, il m'a pris la main, je n'ai pas su comment réagir, alors je n'ai juste pas bougé… Espèce de nouille, rien de pire pour lui donner des idées !

Après ça, retour à l'école, ça allait super bien, j'ai recommencé à organiser mon agenda comme on faisait dans le temps avec le code de couleurs, mes notes étaient en feu et la vie n'était quand même pas si mal. C'était juste bizarre d'ignorer Sophie et J-P, surtout qu'elle est partie de la bande pour aller manger avec lui. Et là, encore plus gros malaise, la bande a commencé à me dire que Sophie-Rose, c'était surtout mon amie à moi, qu'ils ne la connaissaient pas tant que ça, qu'elle avait sa place… mais en même temps, non, tu vois le genre ? Je me suis mise à stresser et à me dire que ce serait de ma faute s'ils venaient à la rejeter – d'ailleurs, je n'ai toujours pas réglé ce point-là, mais il va falloir trouver une solution pour qu'ils apprennent à la connaître comme moi je la connais. Elle a tellement une belle personnalité, il faut juste creuser un peu, parce que c'est vrai qu'elle est mystérieuse et que ça peut lui donner un air antisocial, des fois. Mais pas antisocial méchant, juste antisocial gênant, tu comprends ?

—Oui, je comprends. On dit qu'elle a moins d'aptitudes sociales, en fait. Puis parlant de ça, j'ai juste un commentaire, me coupe ma sœur, il faudrait qu'on en reparle, de Sophie, justement. Mets un Post-it là-dessus, on y reviendra quand tu auras fini. J'ai peut-être une idée.

—OK... où est-ce que j'en étais ? Le malaise de la bande avec Sophie, elle qui est allée avec celle de J-P... Le projet de *géo*, OK, c'est ça ! Donc, tout va bien à l'école, puis arrive madame Beauregard avec son projet en équipe – tu sais que comme toi, je déteste les projets d'équipe. Elle tire les noms au hasard, et je me dis juste que si je me retrouve avec Chloé, je ne suis pas mieux que morte, mais finalement c'est Sophie qui a été désignée pour être avec elle... Je me demande comment elles s'en sortent, d'ailleurs. Tout ça pour dire que je suis restée un peu surprise quand j'ai entendu mon nom avec celui de Camille et... d'Anthony, évidemment ! Ma vie n'était pas assez compliquée comme ça.

⇨ Si tu pouvais me voir en ce moment, tu remarquerais que je lève les yeux au ciel de façon très sarcastique.

⇨ C'est comme si la vie s'amusait à nous ajouter des petites épreuves alors que nous sommes déjà en train d'escalader une montagne.

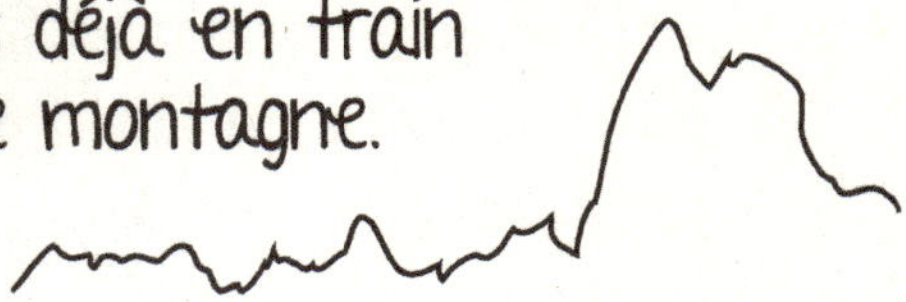

⇨ Ah tiens, tu escalades l'Everest? On va t'envoyer un petit éboulement de neige et des températures vraiment glaciales juste pour voir comment tu vas t'en sortir... C'est pas assez? On va s'arranger pour que le vent emporte ta tante et que tu laisses tomber ton sandwich dans une crevasse, OK?

#MerciLaVie

⇨ Ma mère

(En temps réel, au moment de la correction - oui, je lui demande souvent de lire mes trucs... lèche-bottes, je sais.)

vient de me faire remarquer que j'ai écrit tante et non tente...

Elle s'est tout de suite imaginé ma tante
qui s'envolait dans les airs...
HA, HA, HA!
Ma tante Huguette qui vole
elle est bonne!

⇨ Ma mère ne sait pas se ravoir, qu'elle dit – elle pleure de rire depuis 10 minutes.

⇨ Je ne pouvais pas l'enlever, c'était trop parfait. 
Maintenant, tu peux toi aussi t'imaginer ta TANTE qui s'envole. 

⇨ Je viens de lui montrer mon ajout concernant Huguette...

C'est fini, elle est rouge tomate, son cœur va lâcher tellement elle est pliée en deux... ha, ha, ha, ha, ha, ha, ha, ha!

On l'a encore perdue!

⇨ On t'aime, Huguette!
ON NE VEUT PAS QUE TU T'ENVOLES!!

❤️ 😜

— Camille, Anthony et moi, on s'est organisés pour la présentation orale; il fallait la filmer chez quelqu'un, et comme on devait parler de l'Angleterre et de la royauté, on a décidé de faire ça chez Camille. Sa maison, c'est un véritable château, et on trouvait ça vraiment cool, jusqu'à ce qu'elle nous explique que ses parents étaient toujours absents et qu'elle rêverait d'avoir des parents énervants comme les nôtres. C'était surprenant, mais en même temps, c'est ça qui m'a fait réaliser que je suis chanceuse de vous avoir, même si ça veut dire que vous me surprotégez des fois et que vous vous mêlez de mes affaires même quand je ne veux pas. Le tournage s'est super bien déroulé, à part peut-être le moment où j'ai fait une réaction allergique à Pépin, le gros chat de la maison. Anthony m'a prise en photo, je voulais qu'il la supprime, je l'ai poursuivi en courant dans la maison, on s'est chatouillés et il a fini par me complimenter sur ma tête boursouflée en laissant échapper ce que je crois être un « je t'aime », mais Camille est arrivée au même moment parce qu'on avait foutu le bordel dans la cuisine en courant. Ouuufff, laisse-moi reprendre mon souffle, je n'ai pas fait beaucoup de pauses dans cette phrase-là…

Ma sœur me dévisage. Je vois qu'elle voudrait s'écrier, commenter, poser des questions, mais elle se retient vraiment très fort. Bravo, sœurette !

— J'ai eu la même réaction que toi, je ne savais pas quoi dire, mais surtout, je ne savais pas si je l'avais bien entendu. J'ai fait comme si de rien n'était, mais mon cœur voulait sortir de ma poitrine, c'était tellement intense ! Après, on a eu droit à un déjeuner du tonnerre préparé par les gens en cuisine, qui nous ont d'ailleurs dit qu'on était mignons, Antho et moi, puis on a fini la journée de tournage sans en reparler. Ça, c'était cet après-midi. Mais *là*, en revenant à la maison tout à l'heure, il y a eu un autre revirement de situation…

— *Attends, quoi ?!* Tout ça s'est passé aujourd'hui et tu ne m'as rien dit avant ? Je veux bien croire qu'on était en dispute, mais j'aurais été incapable de me retenir de te raconter quelque chose de ce genre ! Pendant le repas avec J-P, rien, tu n'en as même pas glissé un mot !

— C'était pas une blague quand je te disais que ma vie, c'était n'importe quoi, ces temps-ci. Il y a du matériel pour une saison complète de série en moins de deux semaines !

⇨ Je dis ça comme ça, à toi
qui songes peut-être à adapter ma vie
en série télévisée. 

⇨ SALUT, SALUT! ON AIMERAIT ÇA!

⇨ On = moi, ma famille, mes amis
(bon, peut-être que mes amis trouveraient ça nul
de voir des acteurs jouer leurs rôles),
mais aussi toutes les personnes qui lisent
les *Miss Parfaite*! On est peut-être des
milliers, tu sais! Peut-être que de l'autre côté
de l'océan, ils les lisent aussi!

SALUT L'EUROPE!!!

⇨ Ça va me faire plaisir
de te raconter toutes mes péripéties
et même d'en vivre plus s'il le faut
pour avoir ma propre série télé!
Maya et compagnie, à la conquête
du petit (ou grand) écran.

—Je suis essoufflée pour toi, sérieux, m'avoue ma sœur, mais en même temps, mon Dieu que ça me rappelle des souvenirs de mon secondaire, quand chaque journée avait l'air beaucoup trop intense pour la ligue.

—Parce que *c'est comme ça* aussi!

—Ouais, ben en vieillissant, ça devient un peu plus routinier... Disons qu'il y a moins d'occasions de se créer des souvenirs aussi intenses, à moins de vraiment sortir de sa zone de confort tous les jours. La majorité des adultes choisissent la petite routine tranquille s'ils le peuvent.

—Moi aussi, je vais opter pour ça plus vieille, pour prendre une pause. Je vais l'avoir bien mérité! dis-je, déjà épuisée en pensant à la suite de mon histoire. Ça fait que je suis revenue ici, encore sur un petit nuage à cause de ce qu'Anthony avait peut-être dit. C'est là que j'ai parlé avec les parents et que je leur ai avoué que je m'ennuyais de vous, que j'avais été nouille et que je pensais à m'excuser. C'est sûrement après ça que maman a eu la brillante idée de t'appeler – sans sarcasme, c'était vraiment une bonne idée. Je suis allée dans ma chambre, et Anthony m'a écrit pour me montrer des images prises aujourd'hui, dont la fameuse photo de moi pendant ma crise d'allergie. En vrai, elle n'était pas siiiii terrible que ça, alors je lui ai dit qu'il pouvait la garder à condition de ne pas l'utiliser. C'est *là* qu'il m'a fait le compliment le plus charmant de la terre…

Je lui montre mon portable et l'extrait du texto :

— Ohhhhh !!! C'est trop mignon !!!! s'exclame ma sœur assez fort.

Je réplique en rigolant :

— Chuuuuut, les parents vont nous entendre. J'ai déjà assez de trucs à gérer, pas envie d'être obligée de raconter tout ça à papa et à maman. Bon plan pour que notre mère fasse une crise cardiaque et que papa m'enferme dans ma chambre en m'interdisant de voir des garçons pour les huit prochaines années ! Ha, ha !

—J'avoue, ils m'ont déjà fait le coup, se moque Coralie.

—T'es sérieuse?!

—C'est une façon de parler, espèce de nouille. Mais disons que c'est leur genre de commencer à paniquer quand il est question de garçons.

—Je termine vite, vite, après on se couche, je suis exténuée. À ce moment, je me suis dit tant pis, j'ai rien à perdre, je vais suivre ma nouvelle résolution et mettre ça au clair avec lui. Alors je lui ai texté que je m'étais ennuyée de lui. En amis, mais ça, je ne l'ai pas précisé… j'ai peut-être fait exprès d'oublier, hi, hi! Et c'est là qu'il m'a répondu: «Tu m'as manqué aussi. ♥» *Avec un cœur!!!* J'ai tellement fait le saut que je suis tombée en bas de mon lit! Ha, ha, ha!

—Tu te moques de moi?

—Non, je te le jure. *Bang* sur le plancher. Il y a l'expression «tomber en bas de sa chaise», ben là, je suis littéralement tombée en bas de mon lit tellement j'étais *shook*!

—*Shook?*

— Euuuhh… ben c'est une expression qu'on utilise à l'école. Ébranlée ? J'hallucinais ? J'en revenais pas ?

— Seigneur, il y a de nouvelles expressions tous les jours, j'ai de la misère à suivre. Je suis *out* depuis un moment, moi, et ça ne fait que cinq ans que j'ai fini le secondaire. Il me semble que de mon temps, on avait une seule expression cool par année, pas un nouveau vocabulaire chaque saison.

— Bon, bon, bon, la vieille qui radote parce qu'elle est *out*.

— Hé, la jeune, continue ton histoire, sinon je dors, dit-elle en bâillant.

C'est contagieux : je bâille à mon tour !

⇨ J'ai écrit le mot bâiller deux fois et je me suis mise à bâiller pour de vrai derrière mon ordi… oooaah ! C'est contagieux même à travers un écran !

⇨ Grouille, la nouille, tu nous endors avec ton monologue!

(Qui est **PAS** un résumé finalement!)

— Donc, je suis étendue par terre, mon cœur veut exploser, ma tête ne comprend plus rien, et là, *ding!!!* J'ai quasiment peur de faire une crise cardiaque si je lis le texto, alors j'hésite pendant un moment, puis finalement j'attrape mon téléphone sur mon lit et mon cœur arrête de battre d'un coup: c'est Milan qui me demande comment je vais et qui finit ça avec un «je t'aime»… comme si on était en couple ou je sais pas quoi! Tu sais, j'ai pas dit oui, j'ai pas dit non, j'ai juste ignoré sa question… alors, quand on s'est vus à la patinoire et qu'il m'a pris la main, est-ce qu'il a cru que c'était une confirmation de quelque chose? Je me sens tellement mal, mais en même temps, je ne veux pas lui faire de peine et c'est vrai que je l'apprécie… comme un ami. ***Mais ça se dit pas, ça!*** Et c'est encore pire s'il apprend que c'est un peu à cause du retour d'Anthony dans ma vie que j'ai compris que Milan, lui, c'était vraiment juste un ami. Mon cœur fait pas ***boiiing*** avec mon ami!!

— OK, on se calme, ça ne sert à rien de paniquer; tu ne régleras rien à 1 h du matin. Demain, on en reparlera calmement autour d'un bon café. Selon moi, tu as d'autres priorités que de t'occuper de ces gars-là : ils sont peut-être vraiment gentils, mais le plus important, ce sont tes vrais amis. Et à ce compte-là, je pense qu'il y a une grande amie à toi qui mériterait que tu la fasses passer en premier, pour une fois.

—Ouais… T'as raison. Mais comment je fais ça? C'est clair qu'elle m'en veut à mort, j'ai vraiment été méchante avec elle. Surtout que contrairement à toi et à J-P, elle ne méritait vraiment pas ça. Vous, un peu quand même, lui dis-je en lui donnant un petit coup de coude mou vu la fatigue.

—T'es comique, toi. On mérite tous de s'aimer, pas de se détester, OK? Même si des fois on pense qu'on a des bonnes raisons de s'envoyer promener, on est chanceux de s'avoir, bon! dit-elle en laissant échapper un autre bâillement.

—Wow, les belles paroles de grande sœur! dis-je en « attrapant » son coup de fatigue.

—Tu m'énerves.

—Toi aussi. Je t'aime.

—Moi aussi. Bonne nuit.

Nous sommes toutes les deux réveillées par l'odeur… *Des crêpes de papa!!!* Coralie prend une énorme tasse de café, je me contente d'un extra pommes caramélisées, afin de me rattraper pour la fois où je n'en ai presque pas mangé. Pas besoin de caféine de mon côté, je suis déjà assez énervée comme ça, ce serait l'enfer pour tout le monde, y compris moi.

Ma grande sœur me parle de son plan, qui est simple et brillant à la fois : inviter Sophie-Rose chez elle pour la fameuse soirée pyjama que je lui avais proposée pendant les fêtes et qui n'a jamais eu lieu.

— Quelle bonne idée! s'exclame ma mère, très fière de voir que sa tactique d'hier fait des petits et m'aide à régler d'autres problèmes dans ma vie.

⇨ Presque trop fière, si tu veux mon avis… Ça lui donne un bon argument pour dire que « maman a toujours raison », et ça, ce n'est jamais bon : elle va assurément s'en servir pour nous clouer le bec prochainement. 😂

J'implore Coralie de faire le gros du travail. J'ai trop peur de me faire envoyer promener, ou pire, de me faire ignorer !

⇨ C'est comme Hermione dans le premier film d'Harry Potter qui dit qu'ils pourraient être tués, ou pire, EXPULSÉS. Puis là, Ron dit à Harry qu'Hermione devrait revoir ses priorités, parce qu'entre le renvoi de l'école et la mort, le choix devrait être facile... ha, ha!

⇨ Ben, pour moi, c'est la même chose. Il y a beaucoup de gens qui croient que se faire insulter, c'est la fin du monde, mais moi, ça me laisse indifférente (bon, pas complètement, mais tu comprends ce que je veux dire).

Si on m'insulte, au moins, je peux réagir ou essayer de trouver une solution. Je trouve ça pire de me faire ignorer et de ne pas savoir quoi faire pour régler le problème. On dirait que ça fait plus mal de savoir que quelqu'un t'en veut, mais ne veut juste pas perdre de temps avec toi, comme si tu n'en valais plus la peine. Juste d'y penser, OUCH!

⇨ Surtout avec une fille comme Sophie.

— Est-ce que tu pourrais lui écrire pour moi ?

— Allez, Maya, t'es capable ! Ça va lui faire plaisir si ça vient de toi. C'est la preuve que tu veux vraiment te faire pardonner.

— Ouais, mais elle aussi, elle a des excuses à me faire ! J'avais raison de dire qu'elle exagérait.

— Hé ! Ne commence pas comme ça, sinon ça ne finira jamais. C'est pas une guerre de qui a dit quoi, c'est toi qui écris à ton amie pour lui proposer une trêve et un super après-midi en pyjama avec ta grande sœur hyper ultra cool, OK ?

— « Hyper ultra cool » ? Tu veux trop, Coco !

— ***Yolo***, Maya, ***yolo !*** dit-elle en me faisant un signe idiot de la main. 🤘

⇨ Probablement une mode de son époque de <u>VIEILLE.</u> 😜

Je prends mon téléphone et je m'applique à écrire un beau message à mon amie. Je me sens mal en voyant les derniers textos que nous nous sommes envoyés, alors je les supprime pour vraiment recommencer à zéro.

SOPHIE-ROSE 🌹 👭

Maya

À ma grande amie,
Je tiens à m'excuser pour mon attitude et les idioties que j'ai dites.

Pour me faire pardonner, accepteriez-vous un après-midi en ma compagnie (et celle de Coralie), en pyjama chez elle, comme on se l'était promis il y a un moment ?

L'invitation est bonne pour aujourd'hui… et tous les jours jusqu'à la fin de ma vie.

J'm'excuse, Sophie 🙁

Je fais approuver par ma sœur avant de l'envoyer.

— C'est super ! Je pense vraiment qu'elle va apprécier.

—On est fiers de toi, Maya, déclare ma maman en passant une main dans mes cheveux. Mais je crois que je mérite un petit « merci maman »…

—Et un « merci papa » d'être si merveilleux en plus de faire les meilleures crêpes de la terre ! ajoute mon père en m'offrant une assiette.

—C'est la recette de mamie, n'essaie pas de prendre tout le crédit !

—Bon, bon, bon, rigole ma sœur en me regardant du coin de l'œil. À *go* ?

Pas besoin de nous parler pour nous comprendre. Nous avons l'habitude de nous faire taquiner longtemps par nos parents qui veulent que nous leur disions merci d'être « extraordinaires/les meilleurs de la terre ». C'est leur petit plaisir depuis notre enfance. En chœur, nous leur chantons :

—Merci papaaaa et mamaaaan ! On vous aime grand comme l'*u-ni-vers !* tout en allant les prendre dans nos bras pour leur faire un câlin de groupe.

—Ohhh, mes bébés !!! s'exclame ma maman, beaucoup trop contente de retrouver ses deux petites filles qui font leurs simagrées d'enfants.

— Mes petites choupinettes adorées… dit mon père en nous serrant fort.

ding

Notre étreinte est interrompue par le bruit de mon téléphone, posé sur le comptoir. Je m’excuse auprès de mes parents (qui, pour une fois, ne se plaignent pas du son agressant, miracle) et je l’attrape pour voir ce que Sophie m’a répondu.

SOPHIE-ROSE 🌹 💑

Sophie

Salut.

Tu t’ennuies de ton petit toutou, tout à coup ?

J’accepte l’invitation, à condition que ce soit toi qui m’écoutes pour une fois.

Pas le droit de parler, pas le droit de râler : tu me laisses t'expliquer ma version et après, tu réalises que je suis une super bonne amie et tu me dis à quel point tu as été conne de me traiter comme tu l'as fait.

Je ne pense pas que mes parents seraient dispos pour venir me conduire.

As-tu une solution à me proposer ?

Daaaaamn !!! Elle a du caractère pour un dimanche matin ! 😂

SOPHIE-ROSE 🌹 👭

Maya

J'avoue que je l'ai bien mérité, mais on va couper ça court et sauter directement aux excuses : je SAIS que tu es une amie en or, et c'est vrai que j'ai été (et suis parfois encore) vraiment CONNE de ne pas te traiter comme la ***goddess*** que tu es !

Pas de problèmes pour le trajet,
on va aller te chercher. 🙆‍♀️
Est-ce que tu serais prête vers 13 h ?

Sophie

Goddess... j'aime ça comme surnom. Mais je pense que ce que j'apprécie encore plus, c'est le mot conne en majuscules. Ça, ça fait du bien ! 😏
Parfait pour 13 h.

—Bon, tu vois ! C'était super simple. Allez, va prendre ta douche et te remettre en tenue, qu'on soit prêtes à partir bientôt ! me somme ma sœur.

—Est-ce qu'on a le temps pour une dernière crêpe ? Ça m'a ouvert l'appétit de régler autant de problèmes en si peu de temps.

—On a toujours du temps pour les crêpes de mamie, déclare ma maman en se servant à nouveau, elle aussi.

Chapitre 8

MACARONIS AU FROMAGE... AVEC DU KETCHUP

Quelques instants plus tard, je sors de la douche rapido presto, les cheveux encore mouillés. Je mets un bonnet et hop, c'est réglé !

⇨ Prendre le temps de sécher
ma crinière est un véritable enfer.
Honnêtement, passer plus de cinq minutes
par jour à essayer de faire quelque chose
avec mes cheveux, ça m'exaspère.
Je sais qu'il y a des gens qui adorent ça.
Ma meilleure amie d'enfance était
du genre à vouloir jouer « à la coiffeuse »
pendant des heures.

➾ Tu comprendras pourquoi j'ai toute une tignasse sur la page couverture de mes livres. J'ai beau essayer de garder mes cheveux en place le matin, il ne faut qu'un petit coup de vent ou un bonnet,

et HOP,

j'ai du volume en touffe!

➾ Je prends la peine de l'expliquer parce qu'on m'a fait remarquer que j'avais des «gros cheveux». Au début, je ne savais pas si je devais le prendre comme une insulte ou non, mais je me suis dit que c'était un peu ma marque de commerce. Il y a plein de vieux monsieurs chauves qui rêveraient d'une tête comme ça. 😉

➾ Tout ça pour dire que tant qu'à moi, il faut vivre et laisser vivre.

Je laisse mes cheveux vivre,

ils ne m'écoutent jamais t'façon!

High five si tu es comme moi! 🙌

Je promets à mes parents de ne pas revenir trop tard, puisque demain, c'est lundi et qu'il y a école. Ils me rappellent de les appeler pour qu'ils viennent nous chercher Sophie et moi, question d'éviter à Coralie de devoir se déplacer une deuxième fois.

— Merci, ça, c'est vraiment gentil, leur répond-elle.

— N'importe quoi pour nos deux belles grandes filles, ajoute ma mère.

⇨ À NOTER!

Elle a bien dit ***n'importe quoi***...
Ça pourrait être utile de se souvenir de ça!

C'est donc tout heureuses que nous montons dans la voiture de Coralie, soit l'ancienne auto de ma mamie. Elle en a hérité lorsque cette dernière est décédée. Ça sent encore le fameux pot-pourri aux pêches que ma mamie conservait dans un pot sur la table de son salon. C'est fou comment cette odeur la suivait partout. Aujourd'hui, je l'associe à de doux souvenirs, et ça me fait toujours plaisir de monter dans cette voiture, même si elle est un petit peu fatiguée… et rouillée, hi, hi!

—Je pense à ça… dit soudain Coralie. Ça irait quand même mieux avec une adresse, hein!

—J'avoue. Bouge pas, je la texte pour avoir son adresse!

SOPHIE-ROSE 🌹 👩‍❤️‍👩

Maya

Je vais juste avoir besoin de ton adresse! 🙂

Sophie

454, rue Bellefeuille

Je vais t'attendre au bout de l'allée, pas besoin de venir sonner.

Maya

OK *good*! À tout de suite!

Coralie a eu une super bonne idée: célébrer l'anniversaire de Sophie-Rose et lui préparer des surprises pour l'occasion, pour m'excuser d'avoir raté sa fête. Mieux vaut tard que jamais, comme on dit! Nous faisons donc un premier arrêt à l'épicerie pour aller chercher la totale pour une journée pyjama entre filles: bonbons, chips, popcorn et sodas sont de mise. Puis, nous passons par la pâtisserie Sainte Rosa pour un gâteau spécial. La propriétaire, Rosa, est une vieille dame de plus de 70 ans, et chaque matin, elle descend dans son commerce concocter des desserts de toute sorte. Tu ne peux pas passer devant cet endroit sans être envoûté par les parfums qui s'en dégagent et qu'on peut sentir à des rues à la ronde! Elle fait les pains au chocolat les plus chocolatés au monde, et les *meilleurs* croissants aux amandes!

—Si ce ne sont pas les deux charmantes filles Filion! s'exclame-t-elle de sa petite voix chantante en nous voyant entrer. La belle Coralie, ça fait longtemps que tu n'es pas venue ici!

—Bonjour, madame Rosa, répond ma sœur. C'est vrai, depuis que j'ai déménagé, je n'ai plus la chance d'arrêter aussi souvent qu'avant, à mon grand désespoir. Les pâtissiers en ville ne vous arrivent pas à la cheville, ça, je vous le garantis, ajoute-t-elle en lui faisant un clin d'œil.

Rosa est fière de répéter à qui veut bien l'entendre que certaines de ses recettes sont dans la famille depuis plus de 200 ans. Un de ses plus grand succès, le gâteau à étages choconoisette, aurait été inventé par une de ses arrière-arrière-grands-mères. 😉

— Que puis-je vous servir aujourd'hui, mesdemoiselles ?

— En fait, c'est pour un gâteau d'anniversaire. Avez-vous quelque chose en particulier à nous conseiller ?

Rosa réfléchit pendant un instant.

— La personne fêtée a-t-elle des allergies ou des intolérances ? Dans mon temps, on mangeait de tout, mais aujourd'hui, on ne peut être trop prudent. Il faut le demander chaque fois.

Je prends un instant pour y réfléchir, puis je réalise que je n'en ai aucune idée. Il faut vraiment être nulle pour connaître si peu sa bonne amie : je ne connaissais pas son adresse avant ce matin, je ne sais pas si elle a des allergies, je ne sais même pas ce qu'elle aime vraiment manger.

— Ne bougez pas, je vais lui demander.

SOPHIE-ROSE 🌹 💑

Maya

Question pour toi : as-tu des allergies/intolérances ? Et est-ce qu'il y a quelque chose que tu détestes manger ?

Sophie

Pas d'allergies ! Puis pour la nourriture... euuuh.

J'aime pas le poisson, mais sinon, je mange pas mal de tout.

Maya

OK *good* !

—Aucune allergie, dis-je avec soulagement à la pâtissière.

—Génial ! Alors j'ai deux bons choix pour vous : il y a assurément mon gâteau aux Ferrero Rocher avec coulis de caramel fleur de sel : c'est *dé-ca-dent.* Sinon, si le ou la fêtée préfère quelque chose de plus léger, il y a la jardinière aux fruits tropicaux : mangue, papaye, fruit du dragon et petits macarons pralinés pour couronner le tout.

Juste à l'entendre parler, ma sœur et moi salivons.

—Qu'est-ce qui plairait le plus à Sophie, selon toi ? me demande Coco.

—J'allais justement te demander la même chose. Je n'ai vraiment aucune idée. Je suis nulle comme amie…

—Arrête-moi ça. Suis ton instinct ! Impossible de se tromper avec les desserts de Rosa de toute façon, lance ma sœur en souriant à la propriétaire.

—Hum… OK ! Mon instinct me dit de *prendre les deux !* J'ai raté son anniversaire une fois, je m'y reprends à deux fois, avec deux gâteaux. Elle mérite bien ça !

Ma grande sœur et Rosa me sourient, complices. Je sors mes sous de mon portefeuille, moi qui ai décidé de ne pas demander d'aide à mes parents cette fois-ci. Je veux faire plaisir à mon amie, alors je m'occupe des dépenses aujourd'hui. D'ailleurs, je me demande toujours ce que je pourrais lui offrir en cadeau. Je crois que je vais finir par improviser, au point où j'en suis!

Nous sortons de la pâtisserie avec nos deux grosses boîtes et deux petits sacs pour la route… Madame Rosa a insisté pour nous offrir un pain au chocolat et un croissant aux amandes, se rappelant notre commande habituelle lorsque nous venions avec nos parents.

⇨ En fait, nous en prenions
deux de chaque sorte:
une que nous finissions par manger
en chemin et une pour la maison…
hi, hi!

⇨ Quoi!?
Quand cette merveilleuse odeur sucrée
te titille les narines, tu n'as
pas le choix de goûter!

Nous mangeons nos viennoiseries dans l'auto en nous dirigeant vers la maison de Sophie-Rose. Ma sœur prend la peine de me dire de ne pas faire trop de miettes, mais nous savons toutes les deux que c'est une cause perdue.

Crouuunchhhh
Crouuuncccchhh
Mmmmmmmmmmmmm !

C'est tout ce que tu peux entendre pendant que nous engloutissons cette petite dose de bonheur. Lorsque nous arrivons dans le quartier de Sophie-Rose, nos jambes sont recouvertes de miettes, même si nous avons fait preuve de bonne volonté en essayant de manger au-dessus des petits sacs.

— Je vais t'aider à ramasser en arrivant, promis !

— Baaah, c'est pas grave ! Les miettes en valaient la peine, ça faisait *trop* longtemps que je n'avais pas mangé un aussi bon croissant aux amandes.

— Il faudrait se faire des sorties de sœurs comme ça plus souvent, dis-je à Coralie.

— Bien d'accord. Et si on se dispute encore, on se réconcilie autour d'une viennoiserie, me taquine ma sœur. Bon ! Le GPS m'indique qu'on y est presque.

— On est où, dans Sainte-Rosalie, exactement ?

— Dans le bas de la ville… Je ne connais pas vraiment le coin.

Nous tournons à gauche sur la rue Bellefeuille et roulons tranquillement devant une rangée d'immeubles d'appartements un peu délabrés. Disons que le *clash* est vraiment grand entre la maison de Camille et ce genre de résidence.

Je me permets un commentaire sur l'endroit :

— Hmmm... J'avoue que c'est un quartier un peu moins cossu, comme dirait papa.

⇨ Mes parents ont toujours utilisé
ce terme quand il est question
→ d'aisance financière. ←
C'est une façon pour eux d'aborder
le sujet sans qu'il y ait de jugement
ou de connotation positive ou négative
associée à l'argent.

⇨ J'ai toujours trouvé le mot
« laid », mais l'expression belle.
Cossu, c'est pas mignon, mais c'est pas mignon
pour les riches comme pour les moins riches.
C'est égal pour tout le monde.
Sinon, les gens ont tendance à associer
la richesse à quelque chose de positif
et la pauvreté à quelque chose de négatif.

⇨ Disons que Camille est un bon exemple de l'expression selon laquelle

l'argent ne fait pas le bonheur,

et que Sophie-Rose, elle, n'a pas l'air plus malheureuse parce que ses parents ont moins d'argent!

Nous continuons d'avancer un petit peu et nous la voyons qui sort d'un immeuble sur notre gauche. J'essaie de ne pas juger, mais quand je regarde les vêtements étendus de travers sur les balcons et la vieille madame qui fume à côté d'un gros chien baveux sur une galerie, j'ai un petit frisson.

Mon amie s'installe dans la voiture, et nous sentons automatiquement le petit malaise. Elle s'est approchée en courant, mais elle semble moins pressée de me faire la conversation, disons.

—Salut, Sophie! l'accueille ma sœur pour briser la glace.

—Salut, Coralie! Ça faisait un moment, dit-elle en attachant sa ceinture, puis en levant la tête vers moi sans pour autant me saluer.

—Salut, So. As-tu passé un beau week-end?

— Ça va.

C'est moi ou il fait froid dans la voiture subitement ? Je sais qu'on est en plein mois de mars, mais la température vient assurément de descendre d'au moins cinq degrés. Je décide donc de me lancer dans une tirade pour l'intéresser à notre après-midi de filles… et essayer de la faire rire.

— Bon ! On est allées chercher tout ce qu'il faut pour se faire une super soirée pyjama ! Bonbons, chips, popcorn et quelques surprises pour la soirée.

— Cool. Merci de nous laisser faire ça chez toi, Coralie.

— Oh, il n'y a rien là, répond ma sœur. C'est Maya qui a tout organisé et qui paye tout ça avec son argent de poche. On est gâtées, elle s'est donnée, la p'tite !

— Disons que j'ai vraiment des efforts à faire pour être une « grande amie » comme toi, Sophie…

J'avoue, c'était vraiment mielleux comme compliment, mais c'est vrai. Je me sens toute petite dans mes chaussures. On dirait que voir où elle habite en plus, ça me fait réaliser à quel point je me plains le ventre plein, comme dirait ma mère.

⇨ Je ne réalise pas à quel point
j'ai de la chance sur bien des plans,
alors que je me permets de râler...

⇨ Tu sais, c'est normal d'avoir
des déceptions et des frustrations,
peu importe ta situation, mais c'est vrai
qu'il y en a qui l'ont plus facile que
d'autres au départ... dont moi.
Ma famille ne manque pas d'argent,
je vis toute seule à la maison avec
mes deux parents très présents,
j'ai une super grande sœur pour me
conseiller quand ça va moins bien,
j'ai des amis, je ne me fais pas intimider
à l'école, j'ai quand même un peu
confiance en moi :
→ déjà tout ça, ←
c'est de la super chance.

⇨ Je sais que Sophie-Rose
est plus réservée, plus maladroite,
qu'elle se fait un peu embêter parce
qu'elle est super grande et qu'elle a plus
de difficulté à faire sa place. En plus,
je constate aujourd'hui que je ne connais
rien de la fille en dehors de l'école...
Alors je suis qui pour regarder mon petit
nombril et vouloir que les autres m'aident,
en plus ?!

⇨ Elle a bien fait de m'envoyer
promener, je l'ai bien mérité.

⇨ Il faudrait peut-être que
je lui dise ça à haute voix,
mais sans avoir l'air de la prendre
en pitié à cause de l'endroit où elle vit...
Ça va être délicat.

Mon amie me fait un demi-sourire et remercie plutôt ma grande sœur, en s'imaginant probablement que tout ça, c'est son initiative à elle. Je ne lui en veux pas, puisque c'est en partie le cas. Je poursuis donc sur ma lancée un peu flatteuse, pour marquer le plus de points possible et, qui sait, d'effacer la tension que je peux toujours voir sur son visage.

⇨ Je l'ai blessée à ce point-là,
et ça me fait de la peine de le réaliser.

⇨ Bon, là, Maya,
arrête les parenthèses
et dis-lui !!

—Je suis sincèrement désolée d'avoir été une petite amie de merde dans le dernier mois. Petite amie dans le sens de la grandeur, pas dans le sens de blonde*, parce que je suis clairement brunette, dis-je.

Mon jeu de mots débile semble fonctionner parce que je la vois qui tente de cacher un léger sourire.

—Demander un *break* de notre amitié, c'est le truc le plus stupide que j'ai jamais fait. J'avais plutôt besoin d'un *break* de moi-même, parce que j'étais trop

* « Blonde » signifie aussi « petite amie », « amoureuse », au Québec. Maya joue, ici, sur le double sens du mot.

concentrée sur mon petit nombril pour voir ce qui se passait autour de moi.

—Quand même vrai, ça, murmure-t-elle.

—J'aurais dû réaliser que mon amie voulait juste m'aider, pas me nuire. Je suis sincèrement désolée de t'avoir fait de la peine, en plus de rater ton anniversaire. Alors, aujourd'hui, c'est ta journée! Le mot d'ordre? Écrase, Maya! On s'occupe *juste* de toi. On fait ce que tu veux, on t'écoute parler de toute ta vie au complet, on ne te juge sur rien, on est à ton service.

—Bon, *tu* es à son service, moi, je vais quand même garder ma liberté, si ça vous va. Je vous aime bien, les filles, mais bon, servir de chauffeur, c'est assez! rigole ma grande sœur qui se fait clairement avoir dans mon plan.

Mon amie sourit à l'arrière. La tension est incontestablement retombée, ce qui fait un bien fou, mais j'attends toujours qu'elle dise les mots magiques. Pas merci ou s'il vous plaît, non: *je te pardonne*.

—Oui, c'est moi qui suis à ton service. Tu mérites d'avoir une amie qui te fait passer en premier et qui est vraiment là pour toi, et je veux être cette personne-là. Alors, pour prouver ma loyauté, j'ai même eu une idée pour le repas. Ce soir, on mange des macaronis au fromage… avec du ketchup. Je me suis souvenue que t'avais vraiment aimé ça la dernière fois.

—C'est vrai, se rappelle Coralie.

—Cool. Mais attends… Comment ça, «on»? me demande mon amie. Tu détestes ça.

— « *On* » inclut la personne qui parle. Oui, oui, pour te prouver mon amitié, je suis prête à me ruiner les papilles gustatives et à en manger, moi aussi… même si on sait que c'est absolument dégueulasse!

Ma sœur m'entend murmurer ma dernière phrase et se braque automatiquement, comme chaque fois que nous avons des débats sur le sujet.

—Arrête-moi ça! Tu te fais des tartines grillées avec du fromage et de la confiture, tout comme tu manges des fromages avec des gelées aux fruits avec les parents. C'est la même chose, sucré-salé!

—Ça n'a même pas de rapport. Là, c'est comment ruiner ton Kraft Dinner* en lui donnant un goût de vieux. Comme toi, dans le fond.

—Tu t'arranges pour que je t'en mette un *gros splousk* dans ton bol, pour te faire regretter tes paroles, s'indigne ma sœur, faussement offusquée.

* Le Kraft Dinner est un mélange de macaronis et de poudre au fromage, originaire du Canada. Cette préparation, que l'on trouve dans le commerce sous forme de boîte, est presque un plat national au Canada.

Et c'est là que je l'entends : son rire qui éclate dans la voiture. Lorsque nous regardons vers l'arrière (moi en me tournant, Coralie dans son rétroviseur – elle conduit, il faut qu'elle se concentre sur la route, quand même 😂), nous apercevons Sophie-Rose, pliée en deux, le visage tout rouge tellement elle rit intensément.

Je m'esclaffe à mon tour, suivie de près par ma sœur.

⇨ Ce n'était pas Siiii drôle que ça,
mais je pense qu'il y a un peu de stress
mélangé à la pression qui retombe.

😝

⇨ C'est le genre de fou rire qui part
tout seul et qui n'est vraiment pas drôle
vu de l'extérieur, mais qui t'attrape
au ventre et ne te lâche plus.
Tu ris de toi parce que tu ris,
et plus ça va, plus tu trouves ça drôle
tellement c'est ridicule.
Ce genre de fou rire là.

—Ha, ha, ha! Désolée, je ne sais pas ce qui m'a pris, déclare Sophie en essayant de reprendre son souffle. Je pense que je suis brisée, ajoute-t-elle en repartant de plus belle.

Nous nous esclaffons comme ça pendant un gros cinq minutes, puis le silence revient dans le véhicule, et nous poussons toutes le soupir d'après le rire.

⇨ Tu sais, celui que tu laisses aller après avoir trop ri, parce que t'as mal aux abdos? Le genre de aaaaahhhh, suivi des petits gloussements pour récupérer.

Prochaine fois que tu es mort de rire, tu vas voir de quoi je veux parler.

—Justement, j'ai envie d'être le genre d'amie sur qui tu peux compter quand tu te sens brisée. Pas celle qui fait en sorte que notre amitié, elle, est brisée. Tu me pardonnes?...

⇨ Mon Dieu, j'suis bien <u>sentimentale</u> aujourd'hui avec mes métaphores et mes comparaisons sur l'amitié...

—Je te pardonne, Maye… À condition que ce soit sincère.

—Compte juste pas trop sur elle pour arrêter de parler, me taquine ma sœur, elle va peut-être un peu plus t'écouter, mais il n'y a pas moyen de l'arrêter quand elle se met à jacasser ! Ça fait presque 13 ans que j'essaie, échec total.

—Ah ça, je n'y croyais pas non plus. Mais on va lui mettre en masse du ketchup dans ses macaronis, ça devrait la faire taire un petit bout de temps.

—Vous êtes vraiment sadiques avec moi, sérieux ! Moi qui ai pris la peine de t'organiser plein de petites surprises, en plus de m'excuser mille fois, tu veux juste me voir souffrir, c'est ça ?

—C'est un peu ça, oui, me répond-elle à la blague… avec un *grand* soupçon de vérité.

—Sophie-Rose, tu pourras texter tes parents pour leur dire que ce ne sera pas moi qui viendrai vous reconduire plus tard, mais plutôt notre mère, je crois. On va essayer de faire en sorte que la soirée ne finisse pas trop tard, puisque vous avez école demain.

—OK ! Merci pour ça, ça rend vraiment service à mes parents.

— Ça fait plaisir !

— Alors, quoi de neuf depuis le *screenshot* que je t'ai envoyé ? me demande Sophie-Rose, clairement intriguée par la suite de l'histoire.

— Oh… pas grand-chose, dis-je sur un ton qui sonne archi-faux.

— Je ne te crois pas.

— Et tu as raison, lui répond ma sœur.

— Hé, on n'est pas là pour parler de moi. C'est ta journée à toi, c'est de toi qu'on devrait parler, pas de mes problèmes de garçons. Moi qui avais juré de ne pas me retrouver là-dedans, c'est d'un ridicule. On est trop jeunes, Seigneur, ça aurait pu attendre quelques années au moins.

— Hé ! Depuis qu'on s'est disputées, je me demande ce qui s'est passé, c'est pas vrai que tu vas me faire attendre plus longtemps avant de me raconter. Tes histoires sont toujours beaucoup trop intenses pour la vie en plus, c'est fou, déclare-t-elle sur un ton qui incite à la confidence.

Au même moment, Coralie se gare dans sa place de stationnement derrière son appartement.

—OK, je te raconte tout ça, promis, dès qu'on est installée pour notre journée pyj chez Coralie. On va avoir besoin de trucs à grignoter, parce que va falloir pas mal d'énergie pour raconter tout ça. Ça tombe bien, **on a de la bouffe en masse!**

—Yéééé! s'exclament les deux filles en chœur.

Nous nous affairons à sortir les trucs du véhicule, et je force Sophie-Rose à se fermer les yeux au moment où Coralie prend les deux boîtes de gâteau, pour lui faire la surprise un peu plus tard. J'ai l'impression que ça va être l'après-midi pyjama dont j'avais besoin depuis *lonnnnngtemps*.

Chapitre 9

L'HISTOIRE DE SOPHIE-ROSE

Nous sommes installées dans le salon, toutes les trois, assises sur le canapé, plats de bonbons, chips et boissons à portée de la main. Ma grande sœur nous a proposé de nous laisser seules, toutes les deux, mais nous nous y sommes opposées avec vigueur.

—Je peux aller dans ma chambre et vous laisser parler, si vous voulez.

— ***Ben non!!!*** nous écrions-nous.

—Quoi, me demande-t-elle, je ne suis plus la vieille sœur *out* de tout à l'heure?

—T'es vieille et t'es *out* en termes de génération, mais tu n'es pas *out* dans notre cœur.

—Lèche-bottes, Maya Filion.

— *Yep*, toujours!

— Pour de vrai, Coralie, c'est toujours cool avec toi, déclare Sophie. Ça fait du bien aussi d'avoir l'avis de quelqu'un de plus vieux, justement, mais qui ne sonne pas non plus comme nos parents.

— Parlant de tes parents, tu ne m'as jamais vraiment parlé d'eux ni de ta famille en général. Je sais que tu as deux petits frères, mais c'est tout.

Mon amie me dévisage. Je ne sais pas si c'est parce qu'elle ne s'attendait pas à ce que je veuille en savoir plus ou parce qu'elle est mal à l'aise d'en parler. En tout cas, quand elle se dandine sur place et qu'elle cherche ses mots, comme en ce moment, c'est qu'il y a quelque chose qui la fait sentir mal à l'aise.

— Tu n'es pas obligée de nous en parler si tu ne veux pas. C'est juste que des fois, je me demande comment ça se fait que tes parents sont si occupés. À t'entendre parler, c'est comme s'ils devaient toujours faire passer tes frères en premier. C'est un peu nul, non ?

— Ouais… mais en même temps…

Elle n'en dit pas plus.

Je ne sais pas si je dois poser plus de questions et je vois que ma sœur se fait la même réflexion que moi. Nous venons à peine de nous réconcilier, je ne vais quand même pas la forcer à me parler de quoi que ce soit. Je décide donc de changer de sujet et de ramener la conversation à moi. Normalement, j'aurais tout fait pour éviter ça, mais j'ai l'impression que dans ce genre de situation, le mieux que je puisse faire pour aider mon amie est d'amener la conversation vers quelque chose qui lui changera les idées.

⇨ Et quoi de mieux
pour se changer les idées que

LES MÉSAVENTURES DE MAYA FILION -
MA VIE COMPLIQUÉE MAINTENANT
QU'IL Y A DES GARÇONS?

—Bon! Es-tu prête pour la pire série télé de l'histoire?

—Oh que oui! dit-elle en attrapant le popcorn.

⇨ Quand t'en es au point où
même tes amis s'entendent pour dire
que ta vie est digne d'une
série télévisée...

En l'écrivant sur le résumé du premier tome, je me demandais si je n'allais pas avoir l'air trop prétentieuse. La fille se prend pour qui, elle pense que sa vie vaut une adaptation télé…

OUI, MAIS J'AI JAMAIS DIT QUE CE SERAIT UNE SÉRIE SÉRIEUSE !

Moi, c'est plus une *sitcom* rocambolesque avec du *drama* et des rires en boîte – du monde dans une audience qui rie en *background*, comme si c'était super hilarant.

(Alors que des fois, c'est juste malaisant.)

Pourquoi on dit « rires en boîte », au juste ?… Parce que ça sonne faux ? Comme les légumes en boîte qui ont un peu tous le même goût ? J'avoue que ça aurait du sens.

⇨ De retour au programme principal.

(Sans les rires en boîte.)

Je lui fais donc un résumé de mes mésaventures des dernières semaines.

Ça me prend presque deux heures à raconter, car cette fois-ci, je me permets plus de détails et de parenthèses. Quand j'ai terminé, il fait presque noir dehors, ça te donne une idée ?

⇨ Ben quoi, avec Coralie,
c'était vraiment juste un résumé.
Là, je dois expliquer tout ce qui s'est
vraiment passé, mes réflexions, comment
j'ai réagi, les textos que Sophie-Rose
a ratés.

⇨ Raconter une histoire,
c'est comme donner un spectacle :
tu ne peux pas lésiner sur les détails,
sinon ça casse les <u>rebondissements</u>.
Et j'aime mieux donner le plus de détails
possible pour que mon *show* à moi,
ce soit un spectacle d'humour pour
ceux qui l'écoutent,

même si en le vivant,
j'avais plutôt l'impression que
c'était un *thriller*.

(Ou parfois un film d'horreur.)

Je termine donc en lui racontant la soirée de la veille avec Jean-Philippe et Coralie, et ma sœur y va de ses petits ajouts sur notre réconciliation. Ça me permet aussi de redire à Sophie à quel point je m'en voulais d'avoir été méchante et que même si je croyais que j'avais de bonnes raisons de vouloir prendre mes distances, c'était con.

—Je sais que tu ne voulais que m'aider, mais j'ai du mal avec ça, recevoir de l'aide quand je n'en demande pas. C'est comme si tout à coup, je me sentais étouffée et que mon réflexe, c'était de repousser les gens qui veulent trop, selon moi. Je fais la même chose avec mes parents…

—Et avec moi, ajoute ma sœur. C'est vrai que tu as toujours voulu faire les choses par toi-même, même si c'était cent fois plus compliqué.

—Pourquoi faire simple quand on peut faire compliqué?

—C'est pas l'inverse, d'habitude? demande Sophie.

—Pour le commun des mortels, oui, mais pas pour Maya. Avec elle, plus c'est compliqué, mieux c'est, rigole ma sœur. Sur ce, je vais aller préparer le repas.

Nous nous apprêtons à nous lever pour aller l'aider, mais elle nous arrête dans notre mouvement.

—Non, non, non, restez assises, je m'occupe de tout. De toute façon, ce ne sera pas trop compliqué ! Le dessert est au frigo, il reste juste les pâtes à faire cuire et le ketchup à ajouter, me nargue-t-elle.

—Beurk… je peux pas croire que je fais ça pour toi ! dis-je à Sophie en faisant une moue de dégoût.

—Mon Dieu que tu es mélodramatique… y a bien pire que ça dans la vie, sœurette ! On ne te fait pas avaler du poison, là !

—Ouuuff… c'est presque ça !

—Après, tu te demandes pourquoi ta vie est compliquée. Écoute-toi parler ! se moque-t-elle en se dirigeant vers la cuisine.

⇨ C'est vrai que j'ai un peu tendance à exagérer, des fois.

MAIS QUOI ?

Ça fait de bonnes histoires
quand c'est pimenté de détails croustillants
ou comiques : il faut que même
les moments ennuyeux deviennent intéres-
sants, sinon ça serait long longtemps !

⇨ Ce n'est pas pour rien
que les journées des adultes ont
souvent l'air longues et ennuyeuses…
Ils arrêtent de rajouter des détails
et de s'amuser en les racontant.
Au final, elles sont toutes pareilles,
tes journées, si tu dis juste les grandes
lignes genre : métro, boulot, dodo.

—Alors, c'est ça… Pour de vrai, ça a été long avant que je comprenne que ce que vous avez fait, c'était pour m'aider. Je ne savais pas comment réagir au fait que tout le monde voulait un peu se mêler de ma vie, alors je me suis braquée, et plutôt que de me sentir choyée d'être entourée de gens qui veulent me rendre service et m'aiment assez pour me dire la vérité, je me suis isolée dans mon petit coin. Tu sais, je n'ai jamais eu l'habitude d'avoir une vraie meilleure amie et je pense que c'était un peu ma façon de me protéger par peur d'être trahie ou je sais pas trop quoi.

—Je pensais que c'était Delphine, ta meilleure amie, déclare Sophie, son visage soudainement illuminé par une joie qu'elle ne peut pas cacher.

—Dey, c'est ma première amie du secondaire, c'est pas pareil. C'est le genre de personne à qui tu t'accroches au début, mais les trois quarts du temps, ça change en cours de route. Il y en a, des choses qui se sont passées depuis le début de l'année!! Et puis, j'ai jamais eu l'impression de pouvoir être 100 % moi-même avec elle... pas comme avec toi.

—C'est vrai que je pourrais te juger, bizarre comme tu es, me répond-elle en riant.

—Non, mais c'est vrai, pourtant! Tu sais, j'ai l'impression qu'on n'a pas besoin de réfléchir à ce qu'on va se dire, qu'on est juste nous-mêmes, un point c'est tout. Ce qui m'a le plus manqué, c'est d'avoir quelqu'un de confiance à qui parler... mais aussi quelqu'un que j'aurais envie d'écouter. Parce que j'ai envie de t'écouter parler, toi aussi! Ça m'a fait réaliser que je parle tellement tout le temps que, des fois, j'oublie de te demander comment tu vas, toi...

—Ouais... mais en même temps, je suis habituée.

—***Mais tu ne devrais pas!!!*** C'est pour ça que je me sens comme un gros caca: ce n'est pas normal que même avec moi, tu trouves ça normal de passer en dernier. Je ne connais peut-être pas ta famille ou les choses que vous vivez, mais en tout cas, je ne veux pas que tu aies l'impression d'être toujours deuxième dans notre amitié.

—C'est pas le cas, non plus. En fait, il n'y a jamais personne qui m'a fait sentir aussi importante. Puis, pour mes parents, c'est à cause de mon petit frère… Je sais que j'ai l'air d'avoir quelque chose à cacher, mais c'est juste que c'est toujours difficile à expliquer.

—T'as pas besoin de m'en parler si tu ne veux pas. Je veux juste te dire que je suis là s'il y a quoi que ce soit…

Je vois ses yeux devenir de plus en plus vitreux. Je crois que j'ai touché une corde très sensible, même si je voulais simplement lui faire comprendre qu'elle avait le droit de se confier si elle en ressentait le besoin.

Au même moment, ma sœur apparaît dans le cadre de la porte du salon pour nous poser une question, mais je lui fais signe que ce n'est pas le bon moment. Comme Sophie-Rose tourne le dos à la porte, elle ne la voit pas arriver, et je veux vraiment que mon amie se sente à l'aise de parler si c'est ce dont elle a envie.

⇨ Pas que ma sœur ne saurait pas bien l'écouter, au contraire, mais là, je crois que c'est mon travail de meilleure amie... ☺

Coralie me fait un sourire complice en entendant Sophie renifler et retourne dans la cuisine sur la pointe des pieds. Dans ma tête, je lui passe subtilement un message mental, en me disant qu'elle va peut-être penser comme moi.

« Coco, si tu es dans ma tête comme d'habitude, reviens dans cinq minutes avec des Kleenex, s'il te plaît. »

Sophie-Rose prend une petite pause, et je vois qu'elle hésite à en dire plus.

— Tu sais que peu importe ce qui te fait de la peine, je ne vais jamais te juger, hein ?

— Oui, je sais. C'est plus moi qui me trouve conne d'avoir honte d'en parler. C'est pas honteux, c'est juste pas évident à expliquer. C'est mon petit frère Loïc, le plus jeune, qui a cinq ans. Il est autiste. Ça ne fait pas longtemps qu'on a eu le diagnostic et ça a été vraiment difficile à accepter pour mes parents. Disons qu'ils sont passés vraiment pas loin de se séparer, et encore aujourd'hui, il y a des jours où j'ai l'impression qu'ils ne sont plus les mêmes. Comme s'il y avait un avant et un après le diagnostic…

Je reste silencieuse, voyant que mon amie en a beaucoup sur le cœur. Je lui fais un petit sourire compréhensif pour l'inciter à continuer.

— Disons que ce n'était pas dans leurs plans d'avoir un enfant « pour la vie », considérant le fait qu'il ne pourra probablement jamais être autonome et se débrouiller tout seul. En fait, mon père l'a vraiment mal pris et a fait une grosse dépression quand il l'a su. À cause de ça, ma mère a dû se trouver un second emploi à temps partiel, parce que Loïc doit faire de l'orthophonie et de l'ergothérapie, et que ça coûte vraiment beaucoup d'argent. Il a besoin de cette aide-là pour se développer plus normalement, mais on sait qu'il a vraiment du retard sur les autres enfants. Tu sais, c'est bizarre de me dire que mon frère n'est pas comme les autres, mais en même temps, ça reste mon frère…

Je suis carrément bouche bée. Sophie-Rose me regarde, un peu gênée, et je sais que je dois dire quelque chose pour la mettre à l'aise si je veux qu'elle continue à se confier sans se demander ce que je pense. Je lui réponds du mieux que je peux, en toute honnêteté.

—On dirait que je ne m'attendais pas à ce genre de révélation. J'avais l'impression que c'était quelque chose de plus grave… Pas que ce n'est pas grave !! Je comprends que ça doit être difficile d'avoir un frère différent, mais en même temps… je ne sais pas, je ne m'attendais pas à ça. Sérieux, t'aurais pu m'en parler bien avant, je ne t'aurais jamais jugée pour ça ! Au contraire, je comprends tellement plus de choses, là.

—Justement, c'est ça qui me fait honte : mon frère, il est en bonne santé, c'est le même petit gars qu'avant, mais ma façon de le voir a changé un peu. J'ai peur qu'on se moque de lui, qu'on lui fasse du mal, qu'il se retrouve tout seul. J'ai plein de doutes dans ma tête et je sais que mes parents ont les mêmes. Rien que de voir mon père faire sa grosse dépression, c'était difficile ; je lui en voulais, mais en même temps je comprenais sa réaction, parce que moi aussi, ça me faisait de la peine de savoir que mon frère ne serait jamais comme nous. Mais je me disais : « So, tu serais vraiment dégueulasse de te plaindre, y a des enfants qui sont hyper malades et qui souffrent comme des fous. Ton frère, il vit dans une bulle de bonheur, les seuls que ça peut déranger, ce sont les gens autour de lui qui trouvent ça bizarre et qui le pointent du doigt. Toi, t'es quel genre de sœur si t'es pas capable de comprendre ça ? » dit-elle avec un petit trémolo dans la voix.

Son commentaire me fait de la peine pour elle. Je comprends à quel point ça doit être difficile de se sentir comme ça : je suis la première à culpabiliser pour tout ! Je n'imagine même pas à quel point tu dois te sentir déchirée à l'intérieur en éprouvant ces émotions mélangées vis-à-vis de ton propre frère. C'est plein d'amour, mais en même temps, c'est normal qu'il y ait de la peur et peut-être même un peu de honte. Ça fait peur, la différence, et on a tous tendance à la pointer du doigt…

—Tu as raison de dire que c'est difficile à expliquer, je ne peux même pas m'imaginer à quel point ça doit être difficile à vivre. Mais tu n'es pas dégueulasse de réagir comme ça. Au contraire, c'est normal, je pense. C'est plutôt moi qui me sens mal de m'être plainte de mes petits problèmes superficiels maintenant que je sais que toi, tu vivais tout ça…

Elle rigole. Il faut croire que je dis des choses comiques même quand j'essaie d'être hyper empathique.

—Justement, ça me faisait tellement de bien de t'entendre parler de tes aventures et d'écouter tes potins ! Ça me changeait les idées de mon quotidien, et je me disais que ma vie n'était pas si compliquée, à bien y penser… ha, ha ! Il se passait tellement de trucs à l'école que je n'avais pas le temps de songer à ce qui m'attendait à la maison et de me dire que la vie était injuste. Pendant un moment, je me suis simplement dit que ça allait passer, que ma famille et moi, on allait finir par s'en remettre et apprendre à vivre avec ça. J'avoue que quand on s'est disputées, ça m'a fait du bien de t'envoyer promener... C'est pas comme si je pouvais faire ça avec mes frères ou mes parents.

—Je comprends tellement! À partir de maintenant, tu te défoules sur moi n'importe quand, OK?!

—Sauf que j'ai beau me défouler, ça ne change rien au fait que la vie ne sera plus jamais pareille. Mon père a fini par se remettre de sa dépression et accepter la situation – comme il peut, on s'adapte encore –, mais ça a été long avant qu'il recommence à travailler. Son médecin l'avait mis en congé, et comme tu sais, ça ne paye pas bien, les congés, surtout pour un homme qui travaille en usine et qui n'a pas de bonnes assurances... On avait une belle petite maison dans le vieux Sainte-Ro qu'on a dû vendre pour aller s'installer là où tu es venue me chercher. Je ne veux pas avoir honte d'où je vis parce que je sais que mes parents ont dû faire énormément de sacrifices pour nous, mais il y a une partie de moi qui leur en veut de tous nous entasser dans un petit appartement. Je dois partager ma chambre avec Mathis, puis disons que ce n'est pas facile de dormir avec un enfant de huit ans. Je sais que mes parents se sentent coupables aussi, parce que c'est évident qu'avec leurs emplois, les rendez-vous de Loïc et l'attention qu'il demande, mon autre frère et moi, on passe un peu en deuxième. Je suis devenue la baby-sitter attitrée de la famille, et c'est toujours délicat de demander à mes parents de trouver du temps pour moi parce que je sais qu'ils sont débordés.

—À partir de maintenant, tu n'as qu'à le dire, et je vais m'organiser pour qu'on aille toujours te chercher et te reconduire. Tu vois, t'as bien fait de m'en parler, ça nous permet de trouver des solutions! Et ça va me faire plaisir de venir t'aider à garder tes frères, des fois!

—Je suis disponible, moi aussi, si tes parents ont besoin de répit, ajoute Coralie en entrant avec un plateau sur lequel se trouvent trois plats de macaronis ainsi qu'une bouteille de ketchup et une boîte de mouchoirs (*je te le dis, télépathie!!*). Je suis désolée de m'immiscer dans votre conversation, mais j'en ai entendu quelques bribes et je veux que tu saches que c'est vrai, ce que Maya a dit: ça va nous faire plaisir de t'aider et d'aller te chercher le plus souvent possible. À ton âge, tu devrais penser à t'amuser, pas à être obligée de gérer autant de responsabilités.

—C'est vraiment gentil, dit Sophie-Rose en éclatant en sanglots.

Ma sœur dépose le plateau, et nous nous dirigeons toutes les deux vers notre amie pour lui faire un câlin, comme nos parents le font si souvent avec nous.

⇨ Je dis « notre » amie, parce que ma sœur est comme ça : même si elle est plus vieille que moi, j'ai rarement l'impression qu'elle nous traite comme des enfants. Oui, elle est super protectrice, mais je crois qu'elle l'aime vraiment, Sophie. Un peu comme si c'était sa petite sœur aussi, mais en version beaucoup plus grande qu'elle ! Ha, ha !

En serrant fort Sophie-Rose dans mes bras, je déclare :

— Câlin de groupe !

Sophie-Rose glousse pendant que nous la serrons le plus fort possible. C'est clair que nous pouvons aussi être un peu étouffantes, mais ça, c'est un ***détaaaaaiil***.

— Je suis fatiguée de pleurer… dit Sophie. J'ai l'air de vouloir faire pitié avec mes problèmes.

— OK, ça, je ne veux jamais t'entendre dire ça ! lui dis-je sur un ton de reproche. Tes problèmes ou tes soucis, ils sont super importants ! Tu ne te gênes jamais pour nous en parler, OK ? Et sache que lorsqu'on décide de t'aider, ce n'est pas par pitié, c'est parce qu'on t'aime, ***point final !*** Est-ce que c'est clair ?

Elle me regarde avec ses grands yeux biche encore un peu humides, mais surtout brillants.

— Oui, *boss !*

— Bon, une chose de réglée. Sur ce, vous m'excuserez, mais c'est l'heure de remplir une promesse.

Je saisis un des bols de macaronis au fromage, puis la bouteille de ketchup que je secoue vigoureusement :

1

Pour repousser le moment où je devrai
en mettre sur mes pâtes.

2

Parce que je ne veux pas me retrouver avec
du jus de ketchup en plus – tu sais, quand le contenu
de la bouteille n'est pas assez mélangé.
Ça, c'est encore plus dégueulasse.

Ma sœur et mon amie me dévisagent, le sourire aux lèvres. Disons que moi, je souris un peu moins en approchant la fourchette de ma bouche.

Je prends une énorme bouchée du *mac and cheese* tomaté que je mastique avec difficulté.

⇨ OK, JE TIENS À DIRE QUE CECI N'EST PAS TRUQUÉ. AU CONTRAIRE, J'AURAIS TOUT FAIT POUR NE JAMAIS DEVOIR ÉCRIRE ÇA, MAIS...

⇨ C'était vraiment bon. 🙊

Je joue un peu la fille qui doit se forcer pour manger son bol au complet (j'ai prétexté que j'avais vraiment faim), mais honnêtement, j'en aurais repris. Il se passe vraiment quelque chose de pas normal avec moi !

Une fois le repas terminé, nous parlons de tout et de rien et nous nous amusons à papoter sur tout ce qui est arrivé depuis le retour à l'école après la semaine de congés.

— J'ai tellement paniqué quand j'ai réalisé que tu étais avec Chloé pour la présentation orale ! Comment ça va, d'ailleurs ?

— Ça va. Honnêtement, elle joue la fille qui s'y croit, mais elle est quand même sympathique quand elle veut. Je pense que depuis l'histoire de l'escalier, elle s'est calmée pas mal. Et puis, je ne connaissais pas Jacob, mais il est cool pour un garçon qui ne parle pas beaucoup. On se ressemble un peu là-dessus, alors on s'entend bien.

— Ohhh… est-ce que tu le trouves à ton goût ?

— Non, pas du tout !! me répond-elle en faisant la grimace de façon exagérée. Les problèmes de garçons, je te laisse ça à toi ! D'ailleurs, comment tu vas gérer tout ça ? Il va bien falloir que tu leur parles, à Milan et à Anthony, à un moment donné…

— Pour leur dire quoi ?

— La vérité, laisse tomber Coralie. Oublie Anthony, je pense que c'est Milan, ta priorité. En ce moment, ton ami pense qu'il y a des chances que tu sois amoureuse de lui.

— Mais je ne veux pas lui faire de peine…

— Dis-toi que plus tu attends, plus tu vas lui en faire, de la peine, parce que pendant ce temps-là, il se fait des faux espoirs, ajoute ma sœur. Le pauvre petit loup t'a tenu la main et croit que vous êtes un couple… N'attends pas qu'il fasse un geste pour t'embrasser ! Je sais que ton but n'est pas de jouer avec lui, mais c'est ce que tu ferais si tu laissais le doute planer. Il faut du courage pour avouer ses sentiments à quelqu'un, penses-y.

— C'est vrai. Imagine si tu osais dire ce que tu ressens à Anthony… Je pense que tu aimerais qu'il te réponde vite, pas qu'il te fasse poireauter, ajoute Sophie.

— Côté attente, disons qu'il m'a déjà donné ma dose, celui-là. C'est ce que je trouve le plus nul dans tout ça : Milan, c'est tellement un bon gars ! Il a été là pour moi, il m'a réconfortée en plus de me faire rire. Pourquoi est-ce que c'est à lui que je dois faire de la peine !?

— Parce que tu ne choisis pas qui ton cœur aime… déclare Coco.

— C'est ça qui me frustre le plus ! Pourquoi est-ce qu'on est obligés d'aimer ? Au primaire, j'ai eu des petits crushs sur des garçons, mais ça n'allait jamais plus loin que ça. Comment ça se fait qu'une fois au secondaire, tout d'un coup, ton cœur a la capacité de faire ***boiiinnng*** sans que tu puisses le contrôler ? Il ne m'a jamais demandé mon avis, mon cœur, quand il s'est mis à s'emballer en pensant à Anthony. Ça aurait été bien plus simple si j'avais juste pu le mettre dans la catégorie ami, comme J-P !

—Je ne pense pas qu'on puisse décider ça... affirme Sophie. Pas plus qu'on décide comment on se sent d'avoir un frère autiste. J'aimerais être super à l'aise avec ça, mais il m'arrive d'avoir vraiment honte quand il fait une crise ou qu'il part dans sa bulle.

—Ouais... t'as raison. Tu vois, encore une fois, je me sens comme un caca de pleurnicher quand toi, tu vis tout ça.

—Hé! Si j'ai pas le droit de garder ça à l'intérieur, toi non plus, bon! Nos problèmes sont aussi importants les uns que les autres, juste différents.

—OK... Alors, je fais quoi?

—Tu t'arranges pour parler à Milan le plus rapidement possible. Ça va être une chose de réglée, et même si ce n'est pas évident à faire, tu vas certainement te sentir mieux après, m'explique ma sœur.

—Et pour Anthony?

—Tu laisses parler ton cœur! s'exclame Sophie-Rose de façon hyper dramatique et sentimentale.

—Hmmm... ouais, mais en attendant, j'ai davantage d'amour à donner à des personnes importantes pour moi!

Je fais signe à ma sœur de me suivre, puis je dis à Sophie-Rose de rester là et de fermer les yeux. Nous plaçons les deux gâteaux dans des assiettes de service pour faire joli et y installons des bougies achetées un peu plus tôt.

En entrant dans le salon, nous entonnons la chanson *Joyeux anniversaire* avec nos voix de casseroles.

⇨ C'est pas vrai, on ne chante pas si mal, mais cette chanson-là est faite pour être saccagée par des gens qui chantent faux.

⇨ Chez nous, ça a toujours été *Joyeux anniversaire* et non pas *Bonne fête*, comme les trois quarts de la population du Québec. Mes parents trouvaient que ça faisait plus honneur à la langue française...

— ***Mais là ! C'est beaucoup trop !*** s'écrie Sophie-Rose lorsque nous déposons les deux gâteaux devant elle.

— Il n'y a rien de trop beau pour ma meilleure amie. Et en plus, je ne savais pas ce que tu préférais, alors je me suis dit qu'il valait mieux ne pas courir le risque et y aller avec les deux extrêmes : une jardinière aux fruits de feu avec de la crème pâtissière et un gâteau Ferrero Rocher décadent avec quatre sortes de chocolat.

— On va faire une *overdose* de sucre, c'est clair, fait remarquer Sophie-Rose.

— On n'est pas obligées de tout manger, signale ma sœur. Tu pourras ramener les restes chez toi et les partager avec ta famille, je suis certaine que tes frères adoreront ça.

Les yeux de mon amie se remplissent à nouveau de pluie, mais une pluie joyeuse cette fois. Le genre d'averse qui te donne envie de sauter dans une flaque d'eau pour t'amuser…

On devrait sauter dans des flaques d'eau plus souvent, à bien y penser.

Chapitre 10

TOUS LES CHEMINS MÈNENT À MILAN

C'est ma mère qui est venue nous chercher à 20 h 30. Pour un dimanche soir, je peux te confirmer que c'est quelque chose qui arrive très, *très* exceptionnellement. Mes parents sont plutôt du genre à se pointer à 19 h, en pleine fête. 😂

En déposant Sophie-Rose chez elle, nous l'avons aidée à transporter les boîtes de gâteau jusqu'à la porte d'entrée, où sa mère l'attendait avec un garçon que j'ai présumé être Loïc dans les bras. C'est quand même étonnant, car comme sa sœur, il est assez grand pour son âge, si bien qu'on se demande un peu pourquoi un enfant de sa taille est encore dans les bras de sa mère.

En nous voyant arriver, il s'est mis à s'agiter et à taper des mains. C'était vraiment mignon de le voir aussi content de retrouver sa sœur. Il m'a fait un grand sourire et m'a répété bonjour, bonjour, bonjour quelques fois. La maman de Sophie nous a remerciées d'avoir organisé une si belle journée pour sa fille et a dit à ma mère qu'elle était vraiment reconnaissante que nous soyons venues la chercher et la ramener.

— Ça nous fait plaisir. Sophie-Rose est tellement une bonne amie pour notre Maya, vraiment, c'est un ange.

— Même chose pour votre fille. J'ai rarement vu ma grande revenir de l'école aussi heureuse que le jour où Maya lui a offert deux roses. Elles sont chanceuses de s'être trouvées, ces deux-là.

— Vous viendrez faire un tour à la maison avec votre belle petite famille, propose ma maman. Ça nous ferait vraiment plaisir d'apprendre à vous connaître. N'hésitez pas si vous avez besoin de quoi que ce soit, nous sommes là.

Nos mères échangent leurs numéros de téléphone et leurs mails, et se promettent de s'écrire si l'une ou l'autre a besoin d'un service.

⇨ Sérieux, il n'y a
que les mamans pour faire ça :
parler deux minutes et agir
comme si ça faisait <u>des années</u>
qu'elles se connaissent.

⇨ Un peu plus et Sophie-Rose et moi, nous étions de trop dans leur conversation. Excusez-nous, pardon!

Une fois de retour dans l'auto, je demande à ma mère comment elle fait pour inviter des gens qu'elle ne connaît pas à la maison comme ça.

—On le sent quand on rencontre de bonnes personnes.

—Mais tu n'as pas trouvé ça bizarre, l'endroit où ils habitent?

—L'habit ne fait pas le moine, Maya. Des fois, il faut mettre de côté ses jugements pour voir la vraie nature des gens.

—Sophie-Rose vient de nous apprendre pourquoi ils restent là. Elle a deux frères, Mathis et Loïc: c'est Loïc que tu as vu ce soir. Il a eu un diagnostic d'autisme, et ça a l'air que ça coûte vraiment cher, tous les soins spécialisés qu'il doit recevoir, alors ils ont dû déménager là. C'est aussi pour ça que Sophie venait souvent me voir à pied ou à vélo. Elle ne voulait pas nous dire que ses parents devaient s'occuper de ses deux frères, surtout de Loïc, et manquaient de temps pour tout faire, en plus de leur travail. Et son père a fait une dépression, ce qui n'a rien arrangé.

J'explique toute la situation à ma maman, qui me regarde avec amour. J'ai une idée de cadeau d'anniversaire pour Sophie-Rose, mais je veux d'abord savoir ce qu'elle en pense.

—Je ne savais pas quoi lui offrir pour son anniversaire, mais je crois avoir une idée. Dans trois semaines, on a une sortie à la cabane à sucre* avec l'école, mais ce n'est pas une dépense payée par le collège… j'ai donc deux questions : un, est-ce que je peux y aller ? Et deux, est-ce que tu crois que c'est une bonne idée de dire à Sophie que pour son anniversaire, je l'invite à venir avec moi ? Je ne veux pas qu'elle croie que je la prends en pitié, alors si je dis que c'est son cadeau d'anniversaire, ça risque de mieux passer, non ?

—Ma belle Maya, si tu savais à quel point je suis fière de voir que tu as de si belles valeurs… Ton père et moi, on est tellement heureux de vous voir vieillir en beauté, ta sœur et toi. Je crois que c'est vraiment une excellente idée. Ton amie mérite de vivre ce genre de sortie là avec toi.

—Tu penses qu'elle va être contente ?

—J'en suis certaine, ma chouette.

* La cabane à sucre, érablière ou sucrerie est l'endroit où on fabrique les produits de l'érable, dont le fameux sirop d'érable.

C'est le jour J, le lundi platounet qui fait l'effet d'une douche d'eau froide en début de semaine : je dois absolument parler à Milan aujourd'hui. Encore hier, avant de me coucher, il m'a écrit pour me souhaiter bonne nuit avec un cœur à la fin du message. Mais son cœur à lui ne m'a pas du tout fait le même effet que celui qui se trouvait à la fin du message d'Anthony.

Je sais que ce sera difficile, mais Coralie a raison : plus j'attends, pire c'est, et mon ami ne mérite pas qu'on joue avec lui, justement parce que c'est *mon ami*. Je lui écris donc un petit mot lui demandant de me rejoindre à la salle de repos avant le déjeuner, puis je le dépose dans son casier en début de matinée. Comme nous ne sommes pas dans le même groupe titulaire, je sais que les chances de le croiser sont minces d'ici là.

Sophie-Rose vient me rejoindre dès son arrivée, et nous nous dirigeons ensemble vers la classe où a lieu notre premier cours de la journée. Je vois les visages de Delphine, d'Ève et de Camille changer lorsque nous entrons dans le cours de français ensemble, Sophie et moi. J'ai aussi droit à un grand sourire d'Anthony, qui semble content de nous voir réconciliées. J'espère seulement qu'il ne s'attend pas à ce que Sophie-Rose lui serve encore de messager : s'il a quelque chose à me dire, qu'il vienne le faire comme un grand… Mon amie n'est pas un hibou voyageur qui livre les messages.

⇨ Je dis <u>hibou</u> plutôt que <u>pigeon</u>
parce que ma référence,
c'est Hedwige dans Harry Potter.

⇨ Sérieux, j'espère que je ne dois pas
donner de droits d'auteur à J.K. Rowling
chaque fois que je parle de son histoire
dans mes livres, sinon je vais
me ruiner rapido presto...

⇨ On dirait qu'une grande partie de moi
espère que tu sois fan d'Harry Potter,
toi aussi... Il n'y a tellement rien de plus cool
que de se faire un marathon des films
de la série et de rêver d'entrer à Poudlard...

⇨ Ma sœur et moi, nous avons souvent
eu envie de faire le fameux test
de la plateforme 9 et 3/4 avec les murs,
mais je pense que nous avons toujours été
trop poules mouillées...
ou trop sensées, c'est selon.

Parce que c'est vrai que foncer
dans un mur en espérant se téléporter
par magie dans une gare de train,
c'est plus ou moins brillant, même pour
des enfants à l'imagination fertile.

⇨ Je m'imagine en train d'expliquer
à nos parents pourquoi nous sommes
rentrées tête la première dans
un des murs de la maison :

on voulait aller à POUDLARD !

⇨ Je suis certaine qu'il y en a plein
qui l'ont vraiment fait !

HA, HA, HA !

Je suis nerveuse toute la matinée, mais je reste confiante et de bonne humeur. En croisant J-P dans les couloirs à la récré, je me sens tellement mieux de pouvoir lui sourire plutôt que de faire semblant de l'ignorer ! Je sais que je suis sur la bonne voie pour tout régler, il faut juste que je me donne le coup de pied nécessaire pour y arriver avec Milan.

Lorsque la cloche sonne à l'heure de midi, Sophie-Rose vient à mon casier avec moi. Elle aussi doit se botter les fesses ce midi : pas évident d'aller retrouver la bande à la cafétéria, après deux semaines d'absence.

Je ne lui ai pas parlé de ce que nos (mes) amis ont dit : pas par hypocrisie, simplement pour la protéger. De toute façon, aujourd'hui, il y a un seul ami à qui je dois parler… et je risque de lui briser le cœur. 🙁

Sophie-Rose me suit jusqu'à la salle de repos, où elle me fait un petit *speech* d'encouragement en me disant que tout va bien aller et qu'il va comprendre.

— Qu'est-ce que tu veux qu'il comprenne à part « t'es juste un ami, *sorry* » ?

— Ben, que tu n'es pas une sans-cœur et que tu ne veux pas le blesser. Que tu lui dis la vérité justement parce que tu l'apprécies ! T'es la pro des mots, Maya, tu sais toujours quoi dire. Laisse parler ton cœur, c'est tout.

— OK… tu m'attends ici, au cas où ?

— *Yes*, toujours là pour toi.

Elle se cache un peu plus loin, près des vestiaires, pour ne pas avoir l'air de nous espionner. Bonne idée, je sens que je vais avoir besoin d'un câlin à la suite de cette conversation. Et ce n'est sûrement pas Milan qui aura envie de m'en donner un.

Quand j'entre dans la salle de repos, mon ami est installé dans un des poufs de billes en polyester (tome 1, tu te souviens des fameux sièges qui ont l'air confortables, mais dans lesquels tu restes toujours coincé?). Il essaie de se lever rapidement pour m'accueillir, sans succès. Je lui fais signe de ne pas bouger et je prends place à côté de lui, en m'assurant de rester sur le bout des fesses, pour garder un peu de contenance.

⇨ Si je m'écrase dans un pouf, oublie ça, je ne pourrai jamais lui dire ce que j'ai à lui dire.

⇨ Tu ne peux pas avoir une discussion sérieuse avec quelqu'un quand tu es avachi au fond d'un pouf, voyons!

—Ça te dérange si on va s'asseoir à la table là-bas, à la place? J'aimerais pouvoir te parler sans avoir l'impression de toujours m'enfoncer, dis-je avec un petit rire timide.

M'enfoncer… c'est justement ce que j'ai peur de faire en lui expliquant la situation.

—Oui, pas de problème, me répond-il avec un léger soupçon d'inquiétude dans le regard.

⇨ Je suis la fille super joyeuse
hop-la-vie qui crée les malaises
et les assume entièrement, d'habitude.
C'est clair que si moi, j'ai l'air stressée,
les gens s'en rendent compte
assez rapidement merci.

⇨ Cette fois-ci, mes talents d'actrice
sont vraiment nuls, et je ne peux
m'empêcher de me frotter la joue
avec mon index, tic que j'ai depuis l'enfance
lorsque je me mets à trop réfléchir…

—Ça va, Maya? demande Milan en s'assoyant. T'as l'air bizarre, il me semble. Encore des problèmes avec ta sœur?

—Non, ça, ça va. Tout est réglé, on s'est reparlé samedi, on a fait un grand repas avec J-P et j'ai même revu Sophie-Rose hier.

En disant «ça, ça va», je sais que je viens de dire quelque chose d'aussi terrorisant que «il faut qu'on se parle», parce que son visage change du tout au tout.

⇨ C'est vrai que vite comme ça,
ça sonne un peu comme
«Naaah, avec les autres, c'est réglé,
c'est avec toi que ça ne va pas.»

—Oh… OK.

Je décide de me lancer sans lui laisser la chance de parler. Ça sera plus facile de cette façon.

—Bon… Premièrement, je tiens à te dire que je te remercie vraiment pour ton écoute ces dernières semaines. Tu as réellement été là pour moi, et je sais à quel point je suis chanceuse d'avoir un ami comme toi. Et c'est justement de ça que je voulais te parler: je pense qu'on s'est un peu mal compris dernièrement. J'étais perdue, j'étais triste, j'avais besoin que quelqu'un soit là pour moi, et maintenant, je me sens hyper mal parce que je sais que tu as des attentes. Je n'ai pas répondu à ton texto l'autre jour, ou plutôt, à tes textos, parce que je ne savais tout simplement pas quoi répondre…

⇨ Ne lui dis pas que tu l'aimes comme un ami, ne lui dis pas que tu l'aimes comme un ami...

—Ah, je suis nulle dans ce genre de situation là !

—Ça va, je pense que je comprends, déclare-t-il, la mine renfrognée.

—Non, justement, je ne veux pas que tu présumes quoi que ce soit et que tu croies que je t'ai utilisé ! Je veux trouver les bons mots pour t'expliquer, même si je me doute que peu importe la façon de le formuler, je vais avoir l'air d'une amie épouvantable, qui te fait de la peine en plus. C'est juste que tout s'est passé tellement vite, j'ai pas su comment réagir ! Il y a à peine six mois, j'arrivais dans un camp d'intégration en me disant que mes livres étaient mes meilleurs amis et que moi, je n'aurais jamais à gérer ça, une situation avec un garçon. Après, j'ai la chance de me faire un ami incroyable comme toi, et j'ai pas envie de tout gâcher en laissant traîner ça plus longtemps, encore moins en te cachant la vérité. Je t'adoooore, Milan, c'est pas ça, la question, mais je ne pense pas qu'on s'apprécie de la même façon. C'est vraiment nul à dire, je sais, mais en même temps, t'es mon ami et je veux être honnête avec toi, pas te mentir ou te laisser croire qu'il y a quelque chose de plus entre nous. En fait, oui, il y a plein de trucs incroyables : de l'alchimie, de l'amusement, des fous rires, une complicité, une superbe amitié. Mais de mon côté, j'y ai vraiment bien repensé et je ne crois pas que c'est plus que ça. Je suis *tellement* désolée.

Silence. Milan me regarde avec un petit sourire tristounet, le genre qui me donne clairement envie de pleurer. Bon, ça y est, je sens les larmes monter, mais je sais que la pire chose que je pourrais faire en ce moment, c'est de tenter un câlin. Ça serait juste nul pour lui, qui doit assimiler toute l'information d'un coup. Pas besoin de lui imposer mon sentiment de culpabilité en plus.

—Tu sais, je m'en doutais un peu en voyant que tu ne répondais pas à mes textos. Sans compter que j'ai toujours eu l'impression qu'il y avait quelqu'un d'autre dans ta tête…

⇨ Non, non, non,
ne t'aventure pas là !
Terrain glissant, je répète,
terrain glissant !

Je me braque un peu à l'idée qu'il soit en train de m'accuser de le laisser pour un autre.

— Pour être honnête, ça n'a aucun rapport. Là, je parle à Milan, mon ami, *juste à lui*. Il n'est pas question de qui que ce soit d'autre dans cette histoire-là. Si ça doit absolument être la faute de quelqu'un, c'est la mienne, parce que je n'ai pas su être assez claire dès le départ. Mais en même temps, je ne savais pas comment je me sentais, alors j'ai attendu pour voir ce qui allait se passer dans mon cœur. Je viens de te le dire : avant, les seules péripéties dans ma vie, c'était celles que je lisais dans mes romans. Depuis un moment, c'est ma vie qui est un énorme sketch avec trop de rebondissements et encore plus de chutes. Pourquoi t'as eu envie de sortir avec une fille comme moi, sérieusement, je me le demande !

Bon, c'est dit. La glace est brisée, on a mis un mot sur le bobo. Maintenant, on peut continuer.

— Parce que justement, toi, tu es différente des autres…

— Plus folle que les autres, tu veux dire ! Tout m'arrive en même temps, je réussis à me disputer avec ma propre famille et à faire de la peine à ceux que j'aime le plus, malgré moi. Si tu savais à quel point j'avais peur de venir te parler, justement parce que tu ne mérites pas d'être blessé ! Au contraire, si une autre fille te faisait ça, je serais là pour lui péter la gueule pour toi, tu comprends ?

Une petite touche d'humour dans tout ça, ça passe bien. Son visage est moins dur, et il m'écoute avec un peu moins de tristesse dans le regard, s'imaginant probablement à quoi ressemblerait une Maya prête à se battre pour lui… Mais en amie. 💔

— Je sais. C'est moi qui ai été con aussi de me dire que ça se pouvait. T'as été super gentille avec moi et pendant deux minutes, j'ai cru que ça voulait dire autre chose.

— Mais t'es tout sauf con, voyons ! Sais-tu à quel point ça demande du courage, de faire ce que tu as fait ? Moi, j'aurais eu trop peur !

— Ah, pour ça, j'ai eu la frousse, rigole-t-il.

— Puis je suis tellement désolée que le résultat ne soit pas celui que tu as espéré. Je te jure, j'ai retourné ça mille fois dans ma tête. T'es ***tellement*** un bon gars, t'es ***tellement*** gentil et attentionné, puis on dirait que c'est ça qui m'a fait peur : je ne suis pas prête à être en couple. Je me sens encore comme une élève de première année qui se dit qu'un garçon, c'est « beurk dégueu » et qui rit en entendant les autres parler de leurs histoires d'amour. J'ai pas encore l'âge mental qu'il faut pour penser à ça logiquement, et je n'ai pas envie de « faire l'essai » avec toi, surtout pas si ça risque de te faire de la peine.

—J'avoue que je n'aurais pas dit non, même si j'étais un cobaye dans tout ça, m'avoue-t-il.

—Ça aurait été encore pire, Mil… Je suis pareille que toi, je me dis souvent que c'est bien plus sympa d'avoir des faux espoirs que pas d'espoir du tout, mais bon sang que ça fait mal quand tu retombes de ton nuage après. C'est un peu comme moi quand j'ai fait un vol plané aux glissades en tubes : j'ai eu l'impression de voler pendant une fraction de seconde, mais je peux te garantir que le crash à l'atterrissage n'en valait pas la peine.

—Sauf que là… On fait quoi ? me demande-t-il.

—Qu'est-ce que tu veux dire ?

—Ben avec la bande et tout…

J'avoue que la question me décontenance un peu et que je n'avais pas pensé à cet aspect.

À quoi tu t'attendais ?
À lui déballer tout un monologue et
à repartir en gambadant avec lui une fois
qu'il aurait compris ?

⇨ On se calme la **frustration** et le **sarcasme**! J'avoue, je ne sais pas à quoi je m'attendais... je me doutais qu'il serait peut-être déçu ou même triste, mais je me disais qu'après nous pourrions nous faire un high five et aller manger... je ne sais pas, moi! !!!

Un *high five*, toi! Après s'être fait «larguer»?! Ben oui, championne, on a tous envie de faire comme si de rien n'était quand on a le cœur brisé. Parce que c'est ça que tu viens de faire, tu lui as brisé le cœur!

⇨ HÉ, ÇA VA, ME FAIRE SENTIR COMME UN CACA?! J'ai déjà les yeux qui flottent dans une piscine depuis tout à l'heure, pas besoin que ma propre voix se permette d'en rajouter.

Je vais me le permettre grave. Il a le cœur BRI-SÉ. Et c'est de TA FAUTE. SANS-CŒUR!

⇨ Je me fais ramasser
par ma petite voix, moi, là!
Puis ça fait vraiment mal, surtout
parce que je sais qu'elle a en partie raison.

⇨ Je ne suis pas la première personne
à décevoir quelqu'un comme ça,
mais comment ça se fait que ça a
toujours l'air plus facile pour les autres?

⇨ C'est moi qui fais de la peine,
mais j'ai l'impression que c'est comme
si c'était le contraire...!

Je bégaie maladroitement, ne sachant vraiment pas quoi dire.

—Euhhh... je ne sais pas. Je me demandais si on pouvait juste faire comme avant?...

—Je ne pense pas que ça va être possible, Maya... en tout cas, pas pour le moment.

Crraaac!

Ça, c'est mon cœur qui vient de se briser. Il ne faisait peut-être pas *boiiing* pour Milan comme je l'aurais souhaité, mais je peux te garantir qu'on ne peut pas se tromper quand on ressent ce type de douleur. Je suis en train de vivre une de mes premières peines d'amour… en amitié.

Par solidarité pour le cœur de mon ami, le mien s'est brisé aussi.

Nous nous dévisageons pendant un instant, ne sachant plus trop quoi dire. J'essaie de retenir les larmes que je sens monter, mais c'est plus fort que moi. J'ai chaud au visage et je ne sais plus quoi faire. Une partie de moi a envie de revenir en arrière et de faire comme si rien ne s'était passé, pour ne pas tout gâcher. J'ai l'impression d'être en train de déraper, de perdre le contrôle, de pouvoir voir dans le futur : ce ne sera plus jamais comme avant… c'est fini.

—Je suis désolé, Maya. Je ne dis pas qu'on ne sera plus jamais amis, mais je vais avoir besoin de temps pour m'en remettre…

Il se lève, me regarde avec désolation et quitte la salle. C'est lui qui vient de voir sa bulle exploser et c'est moi qui me retrouve assise là, bouche bée, et qui éclate en sanglots.

Sophie-Rose laisse une dizaine de secondes passer avant de venir me rejoindre et de me prendre dans ses bras.

— Qu'est-ce qui s'est passé ? Ça avait l'air de super bien aller, je l'ai même entendu rire à un moment donné.

— Il a dû faire ça pour se protéger... Il me déteste, c'est clair. Je viens de briser le cœur d'un de mes meilleurs amis. Tout est de ma faute.

Je pleure comme ça dans les bras de Sophie-Rose pendant ce qui me semble être une éternité. Ça fait mal à l'intérieur, comme si quelqu'un tenait mon cœur dans ses mains et s'amusait à l'écraser.

Je finis par me calmer et réussir à sécher mes larmes. Malgré la douleur, je ressens un peu de légèreté à l'idée d'avoir dit la vérité.

— Il fallait bien que tu lui dises... Imagine si tu avais attendu, ou pire, si tu lui avais laissé croire que ça se pouvait. Je pense que tu te fais des idées en disant qu'il t'en veut à mort : il est juste blessé, c'est normal.

— Mais là, on fait quoi ? On ne va quand même pas aller s'asseoir avec la bande comme si de rien n'était : il va être là ! Ça serait méchant de lui mettre la cause de son malheur sous le nez...

— J'avoue que ce n'est peut-être pas la meilleure des idées… Il va avoir besoin de temps pour accepter la situation, mais je suis certaine qu'il va finir par comprendre et te pardonner.

Elle ne semble pas convaincue en disant cette phrase. Nous savons toutes les deux que les chances que Milan m'en veuille pour toujours sont fortes, point final.

Comment tu demandes à quelqu'un d'arrêter de t'aimer ou de faire comme si de rien n'était ? Bonne chance ! Moi, je n'y arriverais pas, en tout cas. La preuve, ça fait trois tomes que je vis une tempête de hauts et de bas à cause du même garçon, et malgré tout ça, j'arrive encore à me dire que ça se pourrait peut-être, nous deux…

La vie est mal faite.

— Qu'est-ce que tu dirais si on mangeait ici ? Puis on verra pour le reste de la semaine. Une chose à la fois. Ça, c'est fait, et tu peux être fière de toi.

— Comment je peux être fière d'avoir gâché mon amitié avec Milan ?

— S'il n'est pas assez mature pour réaliser que tu viens de lui rendre service plutôt que de jouer avec lui, c'est son problème. Dans ce cas-là, il ne te mérite vraiment pas, ni comme amoureux ni comme ami.

— On dit ça, mais admettons que j'étais à sa place, tu serais déjà partie en courant pour l'attaquer, dis-je à la blague.

— Très vrai… rigole-t-elle. Mais c'est différent, parce que moi, je sais à quel point ça vaut la peine de te pardonner. Peut-être que tu crois que tu es une personne horrible en ce moment, mais t'es loin d'être une mauvaise amie. S'il ne peut pas passer par-dessus ça, tant pis pour lui.

— Savais-tu ça, toi, que ça fait aussi mal de briser un cœur que de se le faire briser ?

— Non, avoue-t-elle, j'ai pas vraiment d'expérience pour comparer.

— Ben moi, j'ai vécu les deux en moins de deux mois, et je peux te dire que contrairement à ce qu'on croit, si t'as une once de compassion en toi, voir l'autre souffrir fait aussi mal que si ça t'arrivait à toi.

— Parlant de ça… Tu ne penses pas que c'est un peu ça qu'a vécu Anthony, quand il a réalisé qu'il t'avait fait de la peine ? Une lettre d'amour pour s'excuser et te dire qu'il avait lui aussi le cœur brisé par la rupture de votre amitié, c'est la preuve qu'il l'a vraiment regretté, non ? Pourtant, tu ne lui as pas pardonné…

OHHHHHHH !
Dans les dents, ma belle.

⇨ Non, mais est-ce qu'elle va se la fermer, elle ?
Ça va, les piques de commentateur frustré ?!

J'avoue quand même que je n'avais jamais vu ça comme ça. Je suis là à lui en vouloir et à le blâmer, mais c'est vrai que comme moi, il a simplement fait une erreur.

Seigneur que c'est pas évident d'écouter son cœur !

Chapitre 11

D'AMOUR, MAIS SURTOUT D'AMITIÉ !

C'est maintenant la mi-avril, environ deux semaines plus tard (j'y vais à coup de deux semaines dans ce tome-ci il faut croire). J'ai laissé un peu de temps passer avant de te réécrire, j'avais des choses à analyser.

⇨ Prendre une pause quand on arrive à la fin d'un livre, c'est bizarre, hein? Même moi, je me disais :

grouille-toi de finir, comme ça, tu n'auras plus à y penser !

⇨ Pour être honnête, j'avais peut-être aussi besoin d'un *break*. C'est sympa, de t'écrire tout ce qui se passe dans mes journées, mais à un moment donné, ça devient lourd de toujours revivre les événements une deuxième fois une fois quand je te raconte tout, une fois chez moi ou pendant un cours à l'école.

⇨ Ouais… on ne le dira pas trop fort, mais quand je m'ennuie en classe, j'ai tendance à écrire pour me divertir.

⇨ Tu excuseras donc mon absence, mais je te promets que ça valait la peine d'attendre!

😉

⇨ Oh, et aussi, désolée de te faire réaliser que le tome 3 est presque fini… 😂 Mais je dois le terminer si je veux commencer le tome 4 un jour!

⇨ Je me demande combien il y en aura. À ce rythme-là, considérant que ça m'a pris trois tomes pour raconter ce qu'il m'arrivait en huit mois… ça va prendre beaucoup de temps avant que j'arrive au bout de mon secondaire… ha, ha!

⇨ SI j'arrive au bout...

J'ai suivi le conseil de Sophie-Rose et j'ai laissé le temps faire son œuvre. Nous avons mangé ensemble à la salle de repos, ce midi-là, ma meilleure amie et moi, puis j'ai pris la décision de vraiment donner de l'espace à Milan pour qu'il puisse respirer. Nous avons donc recommencé à nous asseoir avec la bande de Jean-Philippe dès le lendemain.

Camille, Delphine et Ève sont venues nous voir immédiatement pour savoir ce qui se passait... je leur ai expliqué que je n'avais pas l'impression d'être à ma place dans la bande actuellement, et que c'était compliqué.

Je ne sais pas ce que Milan a dit de son côté, mais en voyant la compassion dans le regard de Camille, je me suis doutée qu'il en avait parlé à Alex qui, lui, a tout raconté à sa copine. Elle est même venue me voir en douce dans le coin des casiers, quelques jours plus tard.

—Juste pour te dire que je suis vraiment désolée pour Milan et toi...

— Tu n'as pas à être désolée. J'ai décidé d'être honnête, et ça s'est un peu retourné contre moi, c'est normal. Je lui ai fait de la peine. Justement, comment il va ?

— Bof… j'avoue que c'est bizarre de le voir comme ça. Je comprends qu'il dit être amoureux de toi depuis le début de l'année, mais je ne pensais jamais qu'il réagirait comme ça !

— Depuis le début de l'année ?!

— De qui tu penses qu'il parlait quand on a joué à Action ou vérité à la fête d'Halloween ?

C'est vrai, j'avais totalement oublié !

— Eh ben… ça m'étonnerait qu'il décide de me reparler un jour, hein ?

Je lui ai répondu avec une question, même si je n'étais pas certaine de vouloir connaître la réponse (ou que je la connaissais déjà, en fait 😥).

— Je sais pas. Il est vraiment blessé… puis, là, il y a Alex qui essaie de lui remonter le moral et lui dit tout ce qu'il veut entendre plutôt que la vérité ! C'est tellement con, les garçons, des fois. Milan n'a pas à t'en vouloir, ça n'a pas fonctionné, c'est dommage, mais remets-toi à un moment donné !

—En même temps, entre filles aussi, on fait ça. C'est normal de vouloir protéger nos amis.

—Ouais, je sais, mais ça m'énerve, moi. T'es notre amie, toi aussi, mais ça, mon copain semble l'avoir oublié. T'inquiète, moi, je suis de ton côté.

—Il n'y a pas de parti à prendre. C'est ne changera rien. On verra si un jour on peut recommencer à s'asseoir ensemble pour le déjeuner. En attendant, as-tu vu le montage final de notre présentation orale sur l'Angleterre ? C'est de la bombe, sérieux !

—Oui ! Anthony a vraiment fait un super job ! D'ailleurs, comment ça se passe entre vous deux ?

Elle m'a prise de court en me posant cette question.

—Comment ça, entre nous deux ? C'est pas différent d'avant… ai-je dit en sentant mes joues rougir x 1000.

⇨ Bon sang que je mens mal!

—J'aurais juré que vous alliez finir ensemble. Avec tous les regards que vous vous êtes lancés pendant le tournage, sans compter ce que Robert et Janine nous ont raconté…

— Euh… ils vous ont dit quoi, au juste ?

— Que l'alchimie était *palpable* entre vous… me nargue-t-elle en me tirant la langue, surtout quand vous vous chatouilliez et qu'Anthony s'est lancé dans les compliments, il semblerait.

Je n'ai pas pu m'empêcher d'esquisser un sourire en repensant à ce moment. Mon amie m'a alors énormément surprise.

— Tu vois, si tu te demandes encore si tu as pris la bonne décision, dis-toi que c'est ce genre de sourire là qui doit apparaître sur ton visage quand tu penses à quelqu'un… Pas du stress, de la culpabilité ou du malaise comme avec Mil. Juste du bonheur.

Et elle avait entièrement raison. Mais comment l'expliquer sans avoir l'air de prendre une décision à force de comparaison ? Et pourquoi toujours devoir choisir quelqu'un ? J'aurais envie que les choses se fassent toutes seules, pour une fois.

Depuis notre réconciliation, ma sœur aussi a été vraiment cool avec moi ! Elle m'a dit de lui écrire dès que j'en ressentais le besoin et de ne pas avoir peur de la déranger, qu'elle avait décidé de suivre mon exemple et de régler ses histoires, elle aussi. Elle ne m'a pas tout dit, mais je pense qu'elle a fini par avouer aux deux garçons qu'elle fréquentait qu'elle n'était pas si intéressée que ça, en fin de compte. Elle en avait marre d'avoir l'impression de créer une compétition entre eux dans sa tête, alors qu'elle était tout simplement trop occupée pour vouloir une vraie relation. Elle m'a même dit qu'elle avait pris exemple sur moi, parce que j'avais été assez courageuse pour dire la vérité.

Ça, ça m'a vraiment fait
chaud au cœur.

Mon petit cœur qui va mieux, et qui est surtout moins lourd, je te dirais. Mais un cœur qui est encore pas mal embrouillé par le ***boiiing boiiing crac.***

Un cœur qui a peur, peut-être?

Les parents de Sophie-Rose, Martine et Alain, sont venus dîner à la maison avec Mathis et Loïc, en même temps que J-P et ses parents. Mon amie et moi étions un peu stressées à l'idée que tout le monde se rencontre comme ça.

➾ Je sais que lorsqu'on commence l'école, nos parents sont inquiets à l'idée que nous ne nous fassions pas d'amis, par exemple, mais je ne sais pas s'ils réalisent à quel point, en tant qu'enfants, on est tout aussi nerveux quand vient le moment pour nos parents de se rencontrer.

➾ Est-ce qu'ils vont s'aimer ? Est-ce que ça va être malaisant ? Est-ce qu'ils vont se détester et vouloir qu'on arrête de se voir ?

À notre grand soulagement, ça s'est ***super bien*** déroulé ! Tellement bien qu'encore une fois, nous, les enfants, nous avions presque l'impression d'être de trop dans l'équation. Nous nous sommes donc occupés des frères plus jeunes de Sophie-Rose et nous avons regardé des films de Disney. Qu'est-ce que tu veux de plus pour passer une belle soirée ?

Je pense que Loïc m'a vraiment adoptée ! Il a passé la soirée collé sur moi, à me faire des gros câlins et à me raconter des histoires. Bon, des histoires qui n'avaient pas toujours de sens, mais c'était sans importance.

—C'est la sortie à la cabane à sucre la semaine prochaine! Est-ce que vous venez? nous demande J-P.

—Je sais pas trop… répond timidement Sophie.

Je m'exclame:

—Oh que oui, tu viens, et moi aussi!!!

⇨ La nouille, j'étais tellement occupée avec mes histoires que j'ai carrément oublié d'annoncer à Sophie que c'était son cadeau d'anniversaire en retard.

⇨ Là, ça va être son cadeau, en retard du retard. 

—Comment ça? me demande-t-elle, intriguée.

—Surpriiiise! C'est ton cadeau d'anniversaire… Je suis tellement désolée, j'ai carrément oublié de t'en parler.

—Euuuh, grand détail à oublier! se moque J-P.

— De toute façon, l'important, c'est que c'est déjà payé et que tu viens avec nous ! Pas question qu'on manque notre chance de se gaver de tire d'érable* et de toutes les bonnes choses qu'ils servent à la cabane.

— Ça va être toute une sortie entre amis ! s'exclame mon grand frère. Sérieux, c'est la fête de l'année, vous ne voulez vraiment pas le manquer.

— Ah ouais, tant que ça ? demande Sophie.

— Vraiment ! Il y a des jeux d'arcade, des activités extérieures, une ferme, un taureau mécanique, puis un DJ en soirée. Ça donne un peu l'impression d'aller dans une fête mais sans l'alcool, disons.

— Dis pas ça trop fort, mes parents vont paniquer ! Chez les Filion, l'alcool, c'est ***non !***

— L'alcool, c'est ***non !*** L'alcool, c'est ***non !*** L'alcool, c'est ***non !*** répète Loïc en riant.

— Chuuut !!! disons-nous tous en chœur.

— Ça va, dans le salon ? nous demande mon père.

— Oui, oui, tout est bon !

* La tire d'érable est une préparation culinaire québécoise. Elle consiste à faire chauffer du sirop d'érable et à le verser sur de la neige pour en tirer des bonbons mous.

⇨ Je te le dis, mon père
a des oreilles bioniques pour entendre
les blasphèmes ou les mots dangereux,
genre **alcool, drogue** ou **GARÇONS.**

— Franchement, c'est avec l'école, làààà ! s'indigne mon grand frère.

— On parle de mes parents, *làààà,* dis-je en l'imitant.

— Merci tellement, Maya... Je ne sais pas trop quoi dire d'autre, à part que la prochaine fois, ne me fais pas attendre aussi longtemps, espèce de vilaine ! J'entendais tout le monde en parler et j'étais super triste d'avoir manqué la date des inscriptions, mais mes parents ne pouvaient pas me le payer...

— Ohhh, excuse-moi. Au moins, c'est une belle surprise à laquelle tu ne t'attendais pas, dis-toi ça. C'est mieux ça que des faux espoirs !

— Ouais, tu sais ce que c'est, toi, hein ? me taquine J-P, qui est au courant de toutes mes péripéties.

— C'est pas drôle. 

—Toujours pas de nouvelles de ton ami ? me demande-t-il. Comment il s'appelle, déjà ?

—Milan ! Comme si tu avais déjà oublié son nom, franchement. Mais non, pas de nouvelles, il continue de faire comme si je n'existais pas. D'ailleurs, Delphine m'a dit qu'Alex et Camille se sont disputés à cause de ça…

—Ouais, Ève m'en a glissé un mot aussi, me révèle Sophie. Je n'osais pas t'en parler parce que je ne voulais pas que tu recommences à culpabiliser et à croire que tout est ta faute, mais je pense qu'ils ont failli se quitter…

—Oups. Mais sur ce point, ce n'est pas à cause de moi ! Camille me l'avait dit qu'elle trouvait les garçons cons d'agir comme ça.

—C'est tellement une réflexion de fille, ça ! Entre vous, vous faites la même chose, proteste J-P.

—On le sait ! s'exclame Sophie-Rose. La différence, c'est que nous, on l'assume !

—Bon, bon, bon, je ne gagnerai pas ici ce soir !

—Pas gagner, pas gagner, confirme Loïc en le regardant droit dans les yeux avec l'air de dire : « N'essaie même pas. »

C'est ça qui est drôle avec le frère de Sophie : il est souvent dans sa bulle, puis *pop*, pendant un instant, on dirait qu'il est totalement là et qu'il comprend. Je me demande comment ça se passe dans sa tête... En tout cas, ça doit être plus simple que dans la mienne.

Dans le fond, il a compris comment être heureux, lui : il vit dans le moment présent, il ne se pose pas de questions et il dit ce qu'il pense selon l'émotion, sans culpabilité, ni peur, ni anxiété.

Nous aurions tous beaucoup à apprendre de petits bonhommes comme lui.

C'est officiel, Camille et Alex, c'est terminé. Nous avons reçu un message de Camille qui nous l'a annoncé dans la conversation de groupe « Les *girls* » – conversation qui avait été laissée à l'abandon depuis un super bon moment.

LES GIRLS ❤ ★

Camille

Alex et moi, c'est fini...

Ève

Noooon !!! 😲

Delphine

T'es pas sérieuse ? Comment ça ?

Maya

On s'en fout de savoir pourquoi...
toi, comment tu vas ?

Camille

Ça va... C'est ma décision à moi, mais
ça fait mal quand même.

Sophie-Rose

🙁 ❤

Maya

Veux-tu qu'on vienne chez toi avec des renforts ? Chips, bonbons, glace ?

Delphine

Oh que je suis POUR ! Une soirée de filles, ça peut toujours aider.

Camille

Ouais, mais là, c'est la semaine, nos parents voudront pas.

Delphine

Pfff… que je les voie refuser quand je vais leur dire que mon amie a le cœur brisé.

Maya

J'avoue qu'ils se sentiraient mal de refuser. So, je demande aux miens, et on passe te chercher !

Sophie

Mes parents ont déjà accepté.

Ève

Les miens aussi ! Je m'occupe de passer à l'épicerie.

Camille

Vous êtes cool, les filles .

ON T'AIIIIME !!!

ON T'AIIIIME !!!

♥ ♥

♥

ON T'AIIIIME !!!

♥

Ce soir-là, nous nous retrouvons toutes dans la maison d'invités de Camille, comme à Halloween, mais entre filles, cette fois.

— Alors, c'est ça, il était de plus en plus boudeur et distant. J'ai fini par lui demander s'il m'aimait encore, et il m'a répondu quelque chose de nul comme : « Bah ouais, c'est quoi le rapport ? » Ben le rapport, *bro*, c'est que t'es bête comme tes pieds et que tu m'ignores carrément un jour sur deux. Il l'a mal pris, il m'a demandé si je voulais casser et j'ai répondu oui…

—T'as bien fait ! Il ne te méritait pas ! Milan et lui ne « collaient » plus avec la bande de toute façon ! s'exclame Delphine (toujours trop excessive quand vient le moment de parler dans le dos de quelqu'un… 😐).

—C'est vrai que c'était devenu bizarre depuis un moment, ajoute Ève (toujours aussi suiveuse qu'avant 😂).

—Au moins, ça veut dire qu'on va pouvoir recommencer à manger entre filles, déclare Camille en nous regardant, Sophie-Rose et moi. Acceptez-vous de revenir à notre table ?

Heureuse de ce drôle de revirement de situation, je m'exclame :

—***Ben oui !!!***

Nous finissons par changer de sujet lorsque je vois Camille qui me fait signe de la rejoindre un peu en retrait.

—Je veux juste te dire merci, Maya. C'est un peu grâce à toi, tout ça.

—Grâce à moi que tu as cassé avec Alex ? Euuh… il me semble que tu ne devrais pas me remercier pour ça.

— C'est grâce à toi que j'ai réalisé que je ne voulais pas être en couple avec lui. J'ai pris la peine de te le dire l'autre fois : écoute ton cœur. Le jour où quelqu'un te fait sourire de bonheur, tu comprends c'est quoi, être amoureuse… et je l'ai vu sur ton visage, à quoi ça ressemble quelqu'un qui nous fait vraiment cet effet-là. Tu t'illumines quand tu parles d'Anthony… Bon, je sais que le but, ce n'est pas de se comparer, mais au fond de moi, je savais qu'avec Alex, c'était vraiment pas ça.

— Euuuh… OK…

— C'est un compliment, relaxe ! se moque-t-elle. À notre âge, c'est moins compliqué d'être célibataire, de toute façon !

Quand nous retournons avec le groupe, je suis encore bouche bée.

Il y a à peine deux semaines, je perdais un ami parce que j'ai osé lui dire la vérité, et là, j'en retrouve trois pour les mêmes raisons… c'est drôlement fait, la vie.

⇨ Peut-être qu'elle m'a entendue quand
je lui ai demandé de travailler pour moi…
il fallait simplement que je lui laisse
le temps de tout aligner.

#MerciLaVie.

À partir de ce moment-là, il n'est plus question d'Anthony, d'Alex ou de Milan. Il y a juste nous, nos bêtises et une tonne de sucreries.

Comme avant. 🙂

Chapitre 12

UNE BANDE À LA CABANE

La séparation d'Alex et Camille a marqué le début d'une nouvelle ère dans la bande... puisque celle-ci est devenue exclusivement une bande de filles. Ça s'est fait du jour au lendemain : les garçons ont simplement arrêté de venir s'asseoir avec nous, préférant se trouver une place avec d'autres garçons de leur classe...

Ça a au moins un avantage : il n'y a plus de malaise à notre tablée. Même Sophie-Rose semble mieux s'intégrer depuis que les garçons sont partis. La preuve que des fois, les choses changent pour le mieux.

⇨ Bon, OK, ça fait à peine quelques jours,
mais on sent que c'est différent.
Même Dey semble mieux s'entendre avec elle.
Elle a presque l'air de l'aimer...
😲 MAGIIIIE.

Camille, Anthony et moi avons présenté notre oral en géo aujourd'hui! Ça s'est super bien déroulé, et madame Beauregard a adoré notre concept de questions-réponses interactives pendant le petit film. Par contre, j'ai l'impression que nos récompenses sucrées (les restes de chocolats d'Halloween) ont eu tellement de succès que tout le monde va se mettre à faire la même chose la prochaine fois… Au moins, on pourra dire que c'est nous qui avons lancé cette mode!

Nous avons eu une note de 92 % (parce que des fois, nous parlions trop vite, semblerait-il…)!

⇨ Coupable! 

Quand vient le moment de donner beaucoup d'information en même temps, on dirait que je me dépêche de tout dire pour ne rien oublier. Oupsss…

⇨ Mais celui qui parlait le plus rapidement dans tout ça, c'est Jalbert! Il a vraiment provoqué beaucoup de fous rires avec ses apparitions inattendues!

⇨ Mon Dieu que c'est bien, de faire rire les élèves de sa classe pendant une présentation. Pour de vrai, c'est un public difficile à satisfaire : nous avons tous tellement peur de nous faire juger que ça enlève un sacré poids quand les autres élèves manifestent ne serait-ce qu'un petit intérêt. Pendant un instant, tu te sens vraiment cool et tu te dis que c'est l'École de l'humour qui t'attend.

Ça, c'est le petit résumé des choses qui se sont déroulées depuis la fameuse soirée improvisée sur le thème «Notre amie vient de casser», qui a eu lieu il y a quelques jours.

⇨ Oui, oui, j'ai réussi à faire un résumé en deux pages... va savoir ce qui m'arrive.

⇨ Une pause de péripéties rocambolesques, ça fait du bien !

Ce qui est sur toutes les lèvres aujourd'hui à l'école, c'est la fameuse sortie à la cabane à sucre qui a lieu ce soir. Pour les élèves de Sainte-Rosalie, c'est ***le*** truc à ne pas rater. OK, ça reste un repas où tu te bourres l'estomac de gras et de sirop d'érable, mais c'est surtout une activité en plein milieu de semaine où nous nous retrouvons «à l'extérieur de l'école». C'est comme le carnaval: ***quand c'est avec l'école, mais pas à l'école***, c'est le meilleur des deux mondes.

⇨ Toi qui ne viens pas du Québec
(ou si ça manque à ta culture et que
tu n'es JAMAIS allé à la cabane
à sucre même si tu vis ici),
je vais essayer d'expliquer en quoi
ça consiste.

⇨ C'est à la cabane à sucre
qu'on a souvent l'air de bûcherons
qui s'habillent en chemise à carreaux,
mais sache que c'est
seulement pour l'occasion.
NON, on ne vit pas
dans des igloos, on ne se promène pas
avec des plumes sur la tête et
on ne chasse pas d'animaux le week-end
pour pouvoir manger.

(Pour la majorité des Québécois en tout cas.)

On m'a dit qu'il y a encore des gens
d'autres pays qui pensent ça…

Sérieux, ils ne doivent pas avoir Instagram pour croire à des trucs pareils.

⇨ Le concept tourne autour de la thématique du sirop d'érable, car c'est au printemps, entre mars et avril, que dans les érablières, on récolte l'eau d'érable pour la transformer en ce merveilleux nectar sucré.

⇨ La cabane, c'est un endroit où tout le monde se rassemble autour d'énormes tablées de nourriture, comme dans une très grande cafétéria, mais avec un menu un peu (beaucoup) moins santé. Soupe aux pois, omelettes, saucisses cocktail, cretons maison (du pâté québécois, si tu préfères), fèves au lard (qu'on appelle des bines et qui font péter 😂), jambon, pommes de terre, beignets frits, etc.

⇨ Il y a aussi les oreilles de crisse,
mais ça, même si tu viens du Québec,
c'est pas évident à expliquer.
Sur Internet, on dit que c'est du lard salé...
dans le fond, c'est du gras de cochon frit?

🐗 🤔

Ça peut avoir l'air dégueu comme ça,
mais c'est vraiment bon parce que c'est salé
et *crunchy*, comme des chips.

⇨ Disons que c'est pas très végétarien
friendly, mais tu peux t'en sortir
avec les desserts pour te nourrir
si tu tiens vraiment à manger
végé à la cabane! 🙂

⇨ C'est aussi l'endroit où les oncles
et les tantes finissent toujours
par faire partir une petite danse en ligne 👯
ha, ha!
C'est vraiment comme une grosse fête
de famille typiquement québécoise,
mais qui a lieu juste à cet endroit. On ne
ramène pas nécessairement ces
traditions-là à la maison.

(Quoique ça dépend
des familles.)

⇨ Et c'est sans oublier que maintenant, les cabanes à sucre sont fantaisistes. Il y a des petites fermettes, un circuit sur rail de voiturettes anciennes, des taureaux mécaniques, des autos tamponneuses... les plus grandes installent même un mini parc d'attractions à côté des bâtiments, si ça peut te donner une idée!

C'est toute une expérience.

Donc, nous sommes tous vraiment excités parce que nous savons que ce soir, la moitié des élèves de l'école prendra l'autobus, direction la cabane à sucre de Sainte-Rosalie!! *Fiestaaaaa!!!*

—Merci encore tellement!!! me dit Sophie-Rose en rangeant ses cahiers dans son casier. Je ne sais pas c'est quand la dernière fois que je suis allée à la cabane à sucre. Je ne pense même pas que Loïc était né!

—Moi aussi, ça fait une éternité! Ma sœur trouvait toujours ça long, et moi, tout ce que je voulais, c'était aller manger de la tire sur la neige, ha, ha! Mes parents s'impatientaient beaucoup, et chaque fois, ils étaient découragés de nous avoir amenées, mais c'était le grand bonheur de ma mamie, alors on essayait d'y aller tous les ans.

—Tu parles souvent de ta grand-maman, mais je ne l'ai jamais rencontrée… est-ce qu'elle habite loin ?

—Elle est décédée l'an dernier…

—Oh, je suis désolée, Maye ! s'excuse mon amie, visiblement mal à l'aise d'avoir touché une corde sensible.

—Oh, ça va. Mais j'avoue que ça va faire étrange d'aller à la cabane à sucre sans elle. Surtout que c'est la même où on allait quand j'étais petite. On a mis fin à notre tradition quand son médecin lui a donné un ultimatum par rapport à son alimentation : elle faisait du diabète et disons que la cabane à sucre, ce n'est pas le meilleur endroit pour quelqu'un qui doit faire attention à sa glycémie ! C'est juste du gras et du sucre à volonté ! dis-je en riant à la pensée de ma grand-maman qui a toujours été un peu rebelle et n'aimait pas qu'on lui dise quoi faire.

—Alors, on va fêter ça en son honneur ce soir ! Je suis même cap de faire une petite danse en ligne pour elle ! s'esclaffe mon amie.

—Ouiii !! Sérieux, on a beau dire que c'est ringard, on a tous un petit plaisir caché à essayer de suivre les pas sur la chanson *Cotton-Eyed Joe* ou à faire le petit train sur *Ça fait rire les oiseaux*, ha, ha !

—Tellement! Ça et les demandes spéciales au DJ qui s'appelle genre Marcel, qui travaille là depuis 1990 et qui met des musiques de son époque!

Au même moment, le reste de la bande (de filles) vient nous rejoindre. Elles sont toutes prêtes à se diriger vers les autobus.

—*Ready,* les *giiiirls*? nous demande Delphine en chantonnant.

—Oh que ouiii! répondons-nous toutes avec entrain.

Nous partons bras dessus, bras dessous toutes les cinq pour nous diriger vers les autobus. C'est cool, parce que puisque c'est une sortie spéciale, nous avons le droit de porter nos vêtements «de ville» – c'est-à-dire de ne pas être en uniforme – aujourd'hui. Nous nous démarquons les unes des autres, avec nos styles vestimentaires respectifs. Camille est celle qui a le look le plus cool, même sans se forcer: elle a mis une chemise à carreaux *oversized* avec un bonnet *beanie* qui a l'air fait sur mesure pour elle. Moi, quand j'essaie de mettre ça sur ma tête, tout ce qu'on voit, c'est ma *baby* face avec un bout de bonnet trop long. 😂

Même chose pour les chemises de coupe garçon que certaines filles portent avec style: ***tout*** a l'air grand sur moi, que ce soit fait pour ça ou pas! D'ailleurs, j'ai l'air de porter une robe et des collants en ce moment, mais il s'agit d'un pull qui m'arrive juste vraiment bas, ha, ha! C'est un des avantages quand tu es petite: je ne peux peut-être pas porter ça, moi, de longues robes d'été, mais je peux transformer mes pulls en robes. Ça coûte pas mal moins cher. 😎

Comme à l'habitude, nous ne pouvons pas choisir dans quel autobus nous allons monter, alors quelle n'est pas ma surprise quand nous nous retrouvons dans le même qu'Anthony et sa bande d'amis.

⇨ C'est toujours un drôle de *rush* d'adrénaline quand une bande de garçons et une bande de filles se retrouvent ensemble... Tu sais, ta bande et celle du gars qui t'intéresse, ça fait systématiquement des flammèches. Tout le monde devient un peu gêné/gênant et jette trop de coups d'œil pas subtils vers l'autre groupe.

⇨ Je ne sais pas comment l'expliquer... Coralie dirait sûrement que s'il y a de l'électricité dans l'air, c'est à cause

→ des hormones! ←

😂

⇨ D'ailleurs, pour Anthony,
sache que j'ai fini par répondre au texto
qu'il m'a envoyé le mois dernier,
où il me disait que je lui manquais aussi,
avec un cœur... Je lui ai dit que j'avais besoin
de temps pour régler certains trucs
et que pour l'instant, j'aimais mieux ne pas
en parler. Il a été super respectueux
et m'a dit qu'il serait là pour m'écouter
quand je voudrais lui en parler.

⇨ JE SAIS, GROS DÉTAIL
QUE JE NE T'AVAIS PAS MENTIONNÉ!
🙊 Désolée!

Nous sommes parmi les dernières à entrer dans le bus, alors il ne reste plus beaucoup de places. En plus, Delphine, Ève, Camille, Sophie-Rose et moi, ça fait cinq… mais nous devons nous asseoir deux par deux, alors il y a quelqu'un qui se retrouve seul. Et *comme par hasard*, dans la bande d'Anthony, ils sont cinq aussi…

Encore plus gros hasard : devine qui est assis tout seul et attend de se trouver un ami ou une amie ? 🙈

Évidemment, c'est Anthony.

Je me sens un peu comme au camp d'intégration quand j'ai dû m'asseoir avec madame Pichette : je n'aurais pas choisi cette place-là, mais en même temps, je ne m'en plains vraiment pas… 😛

— Hey, la p'tite, me lance Jonathan en m'ébouriffant les cheveux lorsque je m'assois devant lui. Ça fait longtemps qu'on ne t'a pas vue !

Tu te souviens de lui ? Jonathan, c'est le grand blond qui croyait battre la bande de filles au tir à la corde et qui aime m'appeler « la p'tite ». C'est aussi l'ami d'Anthony qui lui a fait une déclaration de « bromance » en lui donnant une rose à la Saint-Valentin.

— Dans le cours de géo tout à l'heure, tu voulais que je te voie pour avoir des chocolats, en tout cas.

— Ben quoi ! Mon meilleur pote ne voulait pas m'en donner.

—Il m'en reste, si jamais vous en voulez, annonce Camille en sortant un sac de sa poche de manteau.

Du sucre! Quand on dit qu'on peut avoir les garçons par leur estomac... dans ce cas-ci, c'est totalement vrai! Pendant qu'elle leur lance des sucreries, Anthony se tourne vers moi et me demande comment je vais.

—Ça va! Contente de notre travail d'équipe! Désolée pour les points perdus, c'est clairement moi qui parlais trop vite.

—Arrête de t'excuser, c'est aussi toi qui as eu toutes les bonnes idées! me répond-il en souriant jusqu'aux oreilles.

Je ne sais pas si c'est parce qu'il a un petit teint basané à l'année, mais ses dents semblent encore plus blanches que d'habitude aujourd'hui.

⇨ Donc, j'analyse la blancheur de ses dents. T'as vraiment pu rien à dire, fille...

Tu es complètement pâmée devant lui, tu veux dire.

Pas faux.

Le trajet se passe dans une ambiance de fête et de *rush* de sucre déjà commencé. Lorsque nous arrivons à la cabane, les enseignants nous dirigent vers la cafétéria, puisqu'avant de faire des activités, nous allons manger.

⇨ À noter :

ne pas manger AVANT de faire du taureau mécanique. Il y en a qui l'apprendront à leurs dépens. 

Comme nous nous suivons selon l'ordre d'arrivée de nos autobus, nous nous retrouvons tous assis ensemble là-bas aussi. De loin, je peux voir Milan et Alex qui mangent avec leurs amis. De temps en temps, ils nous jettent des coups d'œil que j'arrive à éviter.

C'est fou à quel point les choses peuvent changer vite. Il y a un mois, il venait dans ma famille faire du ski, et là, c'est à peine si nous sommes capables de nous regarder. Anthony n'est pas au courant de toute l'histoire, mais comme les potins font vite le tour de l'école et que tout le monde sait qu'Alex et Camille, c'est fini, il se penche vers moi.

—Je ne sais pas trop ce qui s'est passé entre Milan et toi, mais tu es certaine que ça va ?

—Oui. J'ai pris les bonnes décisions, je crois, mais je dois assumer le fait que c'est pas tout le monde qui est content de mes choix.

—C'est impossible de plaire à tout le monde, mais je ne peux pas croire que quelqu'un puisse en vouloir à une fille parfaite comme toi.

—Ohh, si tu savais, ça arrive souvent ! Et justement, je ne suis pas si parfaite que ça. J'ai beaucoup de défauts et j'ai envie de pouvoir les assumer plutôt que de me sentir coupable de ne pas correspondre à l'image que les gens ont de moi. Tu sais, avec Milan, c'était un peu devenu ça : il me mettait sur un piédestal et me trouvait tellement merveilleuse qu'à un certain moment, j'ai réalisé que si je suis trop gentille avec tout le monde, les gens commencent à se faire des idées.

—Ouais, mais je le comprends d'avoir voulu y croire. C'est certain qu'il y a plein de garçons qui délireraient si tu leur accordais de l'attention.

—C'est n'importe quoi… J'ai juste voulu l'aider en français et être gentille avec **mon ami**.

—Il y en a qui y voient plus que ça… Pour être honnête, j'ai même été un peu jaloux quand je t'ai vue rire avec lui dans la cafétéria une fois.

—T'es pas sérieux ?

Nous sommes interrompus par un pain qui atterrit juste devant moi. Lorsque je lève les yeux, Camille me dévisage avec un sourire moqueur.

—On ne vous dérange pas trop ? me demande-t-elle, peu subtile.

—Si, énormément, déclare Anthony tout bonnement.

C'est ce qui me fascine avec lui. Il a le don de dire simplement la vérité, et ça surprend tellement que ça passe bien. Tout le monde rigole autour de la table, et nous décidons de nous joindre à la discussion de groupe en voyant les plats arriver.

Des montagnes de nourriture !!

DU GRAS ET DU SEL À VOLONTÉ, LE TOUT ARROSÉ DE NECTAR SUCRÉ.

Olé !

Nous nous régalons tous en parlant des exposés oraux de chacun et de ce que nous avons préféré. À un certain moment, je sens qu'on me tape dans les côtes, puis une main s'insère subtilement dans la mienne pour y laisser une serviette de table en papier pliée.

J'essaie de l'ouvrir en toute discrétion, mais c'est raté parce que j'ai droit à un coup de pied de Sophie-Rose en dessous de la table. J'essaie de lui retourner la pareille, mais disons que je suis moins bien équipée qu'elle en termes de longueur de jambes. 😂

« Rendez-vous au parcours de voiturettes à 19h30 ? Afin de poursuivre notre conversation... »

⇨ Ouuufff, si ça continue, mon cœur va exploser avant la fin du tome 3 !

Je me retourne vers lui en lui faisant un petit sourire entendu. Je regarde la grosse horloge qui trône au milieu de la cantine et indique 17 h 15. Les employés de la cabane s'affairent déjà à débarrasser la table pour amener les desserts : crêpes, beignets frits et churros. *La vie !*

Je réalise deux choses :

1

Il me reste plus de deux heures à attendre et à avoir hâte d'aller lui parler, *oh my god !*

2

Nous avons tous beaucoup trop mangé en vraiment peu de temps. Après, on se demande pourquoi les gens se sentent souvent mal après un repas comme ça : c'est pire qu'une compétition de mangeurs de hot-dogs ! Ça risque de mal tourner…

3

Je sais qu'ils ont un horaire de service strict
à respecter, mais sérieux, laissez-nous au moins
le temps de digérer !

Je ne touche presque pas aux desserts, préférant me garder de la place pour la tire sur la neige un peu plus tard. À 17 h 30 pile, nous sommes tous poussés vers la sortie pour faire place aux élèves du deuxième cycle qui attendent que nous ayons terminé pour venir manger.

En sortant, nous croisons la bande de J-P, mêlée à la bande de filles qui m'avaient adressé la parole au début de l'année. L'ami de J-P avait clairement un gros crush sur une d'entre elles, mais ça ne s'est pas vraiment concrétisé. Qui sait, c'est peut-être à la cabane à sucre que ça va se passer ?

⇨ C'est ça qui arrive chaque fois
durant les sorties comme ça :
potins, potins, potins, potins !!!
On dirait que les événements
se produisent en accéléré !

⇨ Avoue !?

On est tout le temps sur l'adrénaline
des fameuses phrases
« Tu ne sais pas ce qui vient de se passer »
et
« Il paraît que. » 😂

Sophie et moi décidons de nous diriger vers la fermette en premier, alors que la majorité des garçons se lancent vers le taureau mécanique. Ève, Camille et Delphine décident d'aller les voir se donner en spectacle, alors que nous préférons nous la couler douce un moment. Disons que nous avons besoin d'un peu de temps pour digérer et que la simple idée de voir quelqu'un se faire secouer sur un taureau en métal nous donne envie de vomir.

Pour 2 $, on peut acheter des graines à donner aux animaux : cochons, oies, lapins, chèvres, moutons et même un gros lama. L'avantage, ici, c'est qu'ils sont en semi-liberté : ils vivent dans la fermette, mais ils peuvent se promener, ce ne sont pas de grands enclos fermés. Ça veut donc aussi dire que pour les nourrir, il faut entrer… Pas besoin d'aller vers eux, je peux te garantir qu'en te voyant arriver avec de la bouffe, ils te « ciblent » assez rapidement merci.

Et disons qu'au vu de la taille que j'ai, c'est assez impressionnant, un cochon et une chèvre qui te foncent dessus pour saisir les graines que tu as dans tes gants.

— ***Hiiii !!! Aaahhh !!!***

J'essaie de me sauver de mes deux assaillants, qui ont compris que j'étais une cible facile, contrairement à Sophie-Rose qu'ils laissent tranquille.

Celle-ci s'esclaffe en me voyant faire de la marche rapide dans la fermette, un cochon et une chèvre à mes trousses.

— ***Hiiii-haaa, cowboy,*** c'est exactement ça ! se moque-t-elle en distribuant paisiblement sa portion de nourriture sèche.

Tout à coup, une grosse oie bien dodue me freine dans mon élan et me bloque la porte de sortie. Comme j'ai eu peur, je me suis un peu lancé de la nourriture dessus, alors j'ai des graines jusque dans les cheveux.

⇨ Je peux te garantir que tu as peur pour ta vie quand tu vois une oie qui s'aligne devant toi pour te picorer la tête ! Ha ! Ha ! Ha ! C'est gros, ces animaux-là !!!

⇨ Une bernache du Canada mesure
entre 1,2 m et 1,8 m…
L'oie qui se trouve devant moi
me regarde dans le blanc des yeux!
Même des oiseaux me dépassent, sérieux…

C'est un des employés de la fermette qui, après avoir ri de moi, vient à ma rescousse en repoussant la « bête » et en faisant signe au cochon et à la chèvre d'aller plus loin. Ils l'écoutent tous sans rechigner et me laissent sortir à regret, l'air de se dire « ohh, on s'amusait, maudit briseur de fête. »

⇨ JE TE LE JURE!
J'ai beau être sortie de là,
les animaux continuent de me dévisager…
Ils se foutent de ma gueule!

Nos amies, qui n'ont rien vu de ma péripétie, arrivent en riant.

—Vous ne savez pas ce qui vient de se passer! s'exclame Ève.

—Je me suis fait attaquer par une chèvre!

—Ha, ha! Elle est bonne, dit-elle en n'ayant pas écouté ce que je viens de dire. Non, c'est Alex, il vient de vomir sa vie sur le taureau mécanique!

Effectivement, en regardant vers le lieu où se tient l'activité en question, je peux voir Milan qui tient Alex par la taille. Même de loin, je me rends compte qu'Alex est *vert!* Plusieurs employés s'affairent sur le matelas avec des serpillières et des seaux.

—*Beurkkk!* s'esclaffe Sophie-Rose.

Moi, je m'exclame:

—C'est pour ça que je voulais me tenir loin! Il faut être fou pour se faire secouer comme ça juste après avoir mangé l'équivalent de notre poids en saucisses cocktail et en fèves!

—Je me sens un peu mal, murmure Camille. Il fait pitié quand même...

—Karma!!! s'exclame Dey en prenant notre amie par l'épaule. Pas question de se sentir mal pour eux, ils ont ce qu'ils méritent. Allez, on va se défouler, j'ai vu des autos tamponneuses tout à l'heure.

—Ouais, pourquoi pas? répond Camille. Ça va me faire du bien de me changer les idées pour arrêter de culpabiliser.

—Oh là là là! Vous n'êtes pas prêtes! s'écrie Dey, beaucoup trop motivée à l'idée de nous foncer dedans en voiturette.

⇨ J'en connais une qui a envie de se défouler... en espérant que je ne sois pas trop ciblée!

Nous avons eu du plaisir dans les autos tamponneuses. Nous crions, nous nous amusons et nous nous concentrons pour essayer de contrôler nos petites voitures. Évidemment, il y en a toujours une qui se retrouve coincée dans un coin à se faire rentrer dedans par tout le monde sans pouvoir reculer, et dans notre cas, c'est *Dey*.

— ***Karmaaaaa!*** crions-nous toutes en fonçant droit sur elle.

En nous regardant faire, les enseignants et les autres élèves doivent se dire que nous avons vraiment du plaisir avec pas grand-chose, mais ça fait tellement de bien de ne penser à rien d'autre que le moment présent. Ça me fait même oublier mon rendez-vous avec Anthony…

⇨ … le temps que ça dure,
parce qu'une fois sortie du manège,
je regarde rapidement l'heure sur
mon téléphone, pour ne pas
être en retard.

⇨ Je ne sais pas c'est quand,
la dernière fois que j'ai été
nerveuse comme ça…
J'ai déjà des papillons dans l'estomac!
Qu'est-ce que ça va être quand il sera là!?
😱

Je regarde mon téléphone rapidement: *18 h 55.*

30 minutes…

OUFFF! LE TEMPS PASSE PRESQUE TROP VITE, EN FIN DE COMPTE!

— Ils viennent d'annoncer un spectacle avant que le DJ arrive. Est-ce que ça vous *tente* d'aller *dans la tente* ? nous demande Sophie-Rose en s'amusant à faire un mauvais jeu de mots.

— Issshh… Tu passes trop de temps avec Maki, ses mauvais jeux de mots commencent à déteindre sur toi ! s'esclaffe Delphine, encore étourdie par son expérience dans les autos tamponneuses.

Finalement, c'est elle qui n'était pas prête.

— Ha, ha, ha !

J'ai l'air de l'encourager en riant, mais dans ma tête, je pense encore à mon erreur dans le chapitre 7 et à ma **tante** Huguette qui s'envole au grand vent.

Nous nous dirigeons toutes vers la grande **tente**…

⇨ On va dire chapiteau, tien.
Comme ça, je vais arrêter de pouffer
de rire derrière mon clavier…
ha, ha, ha, ha !

Je disais : nous nous dirigeons toutes vers le grand chapiteau sous lequel plusieurs élèves sont déjà rassemblés. Un groupe de musique s'installe sur la petite scène, mais déjà, on peut s'attendre à quelque chose de spécial : ils ont tous l'âge de monsieur Georges, le chauffeur de bus, ou presque. Et ils semblent de connivence avec les enseignants parce que ceux-ci s'approchent pour tester les micros.

— Euhhh… c'est moi ou on va se retrouver dans une grande partie de karaoké ? demande Camille, incertaine, mais le sourire aux lèvres.

— Ça ressemble à ça, affirme Sophie.

— Mais en même temps, ils sont tellement mignons ! s'exclame Ève en pointant du doigt la petite grand-maman qui place son micro et le petit monsieur qui s'installe sur sa chaise avec ses cuillères* et son violon.

— ***Un vraaa partyyy canayeennn*****, comme dirait mon grand-père, s'écrie Sophie avec un gros accent.

Au même moment, la mamie toussote dans son micro pour attirer notre attention.

— Saluuut, les jeunes ! Nous sommes les vieux Rigodonneux ! Êtes-vous prêts à mettre le feu à la cabane !?!

* Les cuillères sont un instrument de musique à percussion, on utilise une paire de cuillères en bois ou en métal. Il s'agit à l'origine de véritables cuillères détournées de leurs fonctions. Elles sont utilisées dans les musiques traditionnelles, folkloriques et dans le folk ou le bluegrass.
** *Un vrai party canadien* (Une vraie fête canadienne).

⇨ Rigodonneux,
— LE JEU DE MOTS PAR EXCELLENCE! —
Rigodon*... et Neux,
une prononciation à l'ancienne du mot
« neufs (nouveaux).
Ça y est, ils ont toute mon admiration!

— *Ouaaaiiis!* s'écrie le public en délire.

— Suuuper! Je vous présente mes musiciens! Aux percussions, *Henrriii!* Au violon et à la cuillère, *Marcccll!!!* Et à l'accordéon, le fameux *Roooock!!!*

— *Est-ce qu'il y en a vraiment un qui s'appelle Rock???* me demande Sophie-Rose en se penchant vers moi pour que je l'entende.

⇨ Ne pas oublier que je suis un
nain de jardin dans une foule!
Heureusement que nous sommes juste
devant la scène, sinon j'aurais plus de
chances de voir entre les jambes des gens
que par-dessus leurs épaules!

* Ensemble de danses traditionnelles, qui viennent à l'origine du sud-est de la France, et qui ont été importées au Québec lors de la colonisation. Elles se sont perpétuées lors des fêtes religieuses dans les villages.

— Je pense que oui !!! C'est dingue !!!

La soirée s'enflamme en un rien de temps. Nous dansons tous au son de la musique typique des soirées canadiennes, super motivés, quand les musiciens commencent à interpréter une chanson à chanter en chœur.

⇨ Soirée canadienne,
tu sais, la vieille émission que faisaient
passer nos grands-parents dans le salon
en fin de veillée ? Va voir sur YouTube,
je te jure, ça manque à ta culture !!!

⇨ Pour de vrai, il y a juste une bande
de grands-parents pour faire danser
autant d'adolescents en même temps,
sur de la musique ULTRA ringarde en plus !

⇨ C'est ça qui est beau :
tout le monde est là pour s'amuser,
et personne n'oserait les juger.
Tu ne peux tout simplement pas rire
d'une personne âgée qui joue de la cuillère...
c'est non. C'est beaucoup trop mignon.

⇨ Si ça avait été un groupe
de musique de jeunes, il y en a
qui auraient râlé, qui auraient dit
que c'était mauvais, qui se seraient
permis de juger les artistes...
mais là, c'est juste trop parfait.

J'ai tellement de plaisir à danser avec mes amies que je ne remarque pas tout de suite la main qui me tapote l'épaule. C'est en me retournant pour voir s'il s'agit de Sophie-Rose que je le vois et que je perds mon rigodon tout d'un coup 😂. Anthony est là et me fait signe de le suivre.

Ma bande de filles ne manque rien de cet échange, et elles me font toutes un grand sourire approbateur… même Delphine.

⇨ Mais que se passe-t-il?
Est-ce que la vie serait en train
de me sourire, elle aussi?

Anthony me prend par la main et m'aide à sortir de la foule qui s'est amassée sous le chapiteau. La fête est tellement enflammée qu'on dirait qu'il n'y a plus personne ailleurs sur le site.

—Je t'attendais au parcours de voiturettes, mais en voyant le spectacle, je me suis dit que je te trouverais au premier rang, me dit-il en souriant.

Nous sortons de l'attroupement, et pourtant, il ne lâche pas ma main pour autant. Nous continuons de marcher pour nous éloigner et sortir du chapiteau.

Boiiiinnnggg!

Respire, fille, respire!

—Ça faisait tellement longtemps que je n'avais pas dansé sur de la musique comme ça! C'est ma mamie qui organisait ce genre de soirée là.

—J'avoue que dans ma famille, on n'est pas si québécois que ça. Mais c'est vrai qu'ils sont bons! Je n'imagine pas ma *nona* en train de chanter comme ça, elle, elle est plus du genre classique et opéra!

—Excuse-moi si j'ai oublié de venir te rejoindre...

—Pas de problème! Tu avais tellement l'air de t'amuser, c'est moi qui ne voulais pas te déranger…

Nous arrivons au petit circuit de voiturettes anciennes. Tout le monde est rassemblé sous le chapiteau, alors il n'y a personne.

—Après vous, mam'zelle, me dit-il en me laissant passer devant lui.

Boiiinnng
Boiiinnng!

—Merci…

Nous nous installons tous les deux sur la petite banquette avant. Normalement, il pourrait y avoir deux autres personnes sur le siège arrière, mais comme personne ne fait la file, l'employé nous laisse partir comme ça sur le petit chemin de fer.

—Alors… commence Anthony en caressant le revers de ma main avec son pouce.

Boiiinnng…
Boiiinnng…
Boiiinnng…
Boiiinnng…
Boiiinnng…
Boiiinnng !

Je répète après lui, tout en essayant de contrôler mon rythme cardiaque :

—Alooors…

Fais quelque chose, la grande,
prends une bouffée d'air !!!

—C'est pratique, ce trajet-là. Pas besoin de regarder la route, je peux me concentrer sur toi… dit-il timidement en soutenant mon regard.

Boiiinnng...
Boiiinnng...
Boiiinnng...
Boiiinnng...
Boiiinnng...
Boiiinnng!

Boiiinnng...
Boiiinnng...
Boiiinnng...
Boiiinnng...
Boiiinnng...
Boiiinnng...
Boiiinnng!

Houston, on a un problème !!!
Arrêt cardiorespiratoire imminent !!!
MAYAAA, RESPIIIRE !!!

Kaboooouuummm !!!

FIN

JE T'ENTENDS
DÉJÀ T'ÉCRIER :

Hein, quoi ?

Tu finis ça comme ça ?

NOOOOONN,
T'AS PAS
LE DROIT !!!

Hé, hé, hé ! On se calme…
Mon cœur vient littéralement d’exploser.
J’ai besoin de temps pour récupérer.

Trop, c’est comme pas assez !

Okkk… Bye !

FIN

Même

si c'est

méchant !

Tu m'aimes

quand même.

Tu as aimé *Miss parfaite*?
Tu aimeras aussi *Les DIY de Maélie*!

Découvre les premières pages des aventures de Maélie et sa passion pour les *Do It Yourself*.

#LEPIREMOYEN DETRANSPORT AUMONDE

Lundi 20 août

Je croyais que la première fois que je prendrais l'avion, je le ferais pour me rendre dans un pays chaud. Genre Cuba, le Mexique ou la République dominicaine. Même le Pérou, ça aurait fait l'affaire !

Parce que mon père emploie toujours cette expression pour dire que ce n'est pas la fin du monde : « Voyons, Maélie, c'est pas le Pérou ! » Je n'ai jamais trop compris l'idée.

Je me disais aussi que je serais avec ma famille pour embarquer dans ce gros appareil. Ou avec mes amis. Ou mon hérisson. Même mon voisin d'en dessous, ça aurait pu faire l'affaire ! Au lieu de ça, je suis toute seule dans ce minuscule avion d'une vingtaine de places, gros maximum.

Je n'ai pas compté, j'avoue…

J'entends le moteur qui tourne à plein régime. Je suis assise directement au-dessus d'une aile, et le moteur doit être tout près. Mais bon, l'appareil est si petit que, peu importe l'endroit où j'aurais pris place, le bruit aurait été aussi fort, je crois. J'arrive à peine à écouter ma musique, malgré mon bonnet aux oreilles de chat bien enfoncé sur ma tête et mes écouteurs coincés dans mes oreilles.

Mes jambes tremblent. J'ai les mains moites. Je ferme les yeux en promettant de ne plus jamais remettre un seul devoir en retard si cet avion ne s'écrase pas avant d'arriver à destination…

Ouais. C'est définitif : je déteste ce moyen de transport ! J'aurais cent fois préféré me rendre là-bas en auto. Sauf que mes parents ne pouvaient pas prendre congé pour aller m'y conduire, ni simplement pour m'accompagner. Ils m'ont donc acheté un billet, amenée jusqu'à l'aéroport, fait un gros câlin, puis *ciao*, Maélie. À la prochaine ! On se revoit dans… je ne sais même pas quand je vais revenir à la maison.

J'ai l'impression d'avoir été abandonnée pour la deuxième fois…

La première, c'était quand ma mère est morte. Oh, je ne dis pas ça pour faire pitié ! Je n'avais même pas encore deux ans, alors je me souviens à peine de son odeur, de ses cheveux, de ses mains qui me bordaient le soir, dans mon petit lit.

OK, c'est faux. J'ai des tas de souvenirs, mais je n'arrive pas à dire s'ils sont réels ou si je les ai imaginés parce que mes parents adoptifs m'ont beaucoup parlé de ma mère. Si ce sont des souvenirs inventés, quoi… Ça existe, j'en ai entendu parler.

Je jette un œil par la fenêtre. Aïe ! On n'y voit rien. L'avion se trouve en plein dans les nuages, et ça fait monter en moi une poussée de claustrophobie. On vole depuis ultra longtemps ! Quand va-t-on enfin arriver à destination ?!?

Je déteste ça, je déteste ça !

Au moins, ça ne dure pas longtemps, et nous ressortons des nuages. Enfin ! On arrive ! L'avion commence sa descente. Je le sais parce que mes oreilles se bouchent instantanément. J'ai beau bâiller à répétition, il n'y a rien à faire. C'est ultra douloureux.

Promis, je ne prendrai plus JAMAIS l'avion !!!

Voilà que nous apercevons la piste d'atterrissage. Sous la pluie.

Génial…

Je colle mon visage contre la vitre, puis je me rends compte que celle-ci est loin d'être propre. Il y a de drôles de traces graisseuses sur la surface. Je m'en décolle aussitôt et j'essuie mes mains moites sur mon short. L'avion vient de sortir ses petites roues, qui vont bientôt toucher la piste.

Aïe, aïe, aïe !

C'est aussi effrayant que lors du décollage, je dirais. Mais une secousse nous apprend que nous sommes sur la terre ferme, et je pousse un long soupir de soulagement. J'ai survécu. Lorsque l'avion s'immobilise enfin, je me dépêche de désactiver le mode avion de mon cellulaire*, afin de vérifier mes messages.

C'est bien ce que je croyais. Je n'en ai reçu aucun de la part de mes parents. Ce ne sont pas eux qui vont s'inquiéter pour un petit vol de rien du tout. Ni pour quoi que ce soit, d'ailleurs…

Bon, j'ai tout de même reçu un texto. De Dylane… Je ne veux pas lui parler. Je l'ignore depuis des semaines. Mais parce que je me trouve loin de tout et que je dois être en train de devenir

* Cellulaire/Cell – Téléphone portable.

sentimentale, je prends tout de même la peine de lire ce qu'elle m'a écrit.

Dylane

Je m'excuse pour tout, Maé.
J'espère que tu vas mieux.

J'hésite. Je pourrais lui répondre, lui dire que tout ça, c'est du passé, que de toute manière je ne suis pas sur le point de la revoir et que ça n'a plus la moindre importance. Mais je ne le fais pas. Qu'elle poireaute encore un peu. Le pire, c'est que je ne suis même plus en colère. Je veux juste laisser tout ça derrière moi.

J'ignore donc son texto et je me choisis une nouvelle chanson à écouter. Puis, je me redresse pour attraper mon sac à dos dans le compartiment au-dessus de moi. L'hôtesse de l'air vient d'ouvrir la porte, et les passagers sont tous en train de descendre. Ça se bouscule sans même s'excuser.

Merci de ne pas me laisser passer. Très gentil…

Je finis tout de même par me glisser entre deux passagers et je sors à toute vitesse de là. Il était temps ! Je manquais d'air. Ma valise m'attend sur le chariot, devant l'avion. Comme je n'avais pas énormément de bagages, je n'ai pas eu besoin de les enregistrer. De cette façon, ce sera plus rapide pour aller rejoindre la personne qui viendra me chercher.

Je prends une grande inspiration avant de commencer à marcher, à la suite des autres voyageurs. La pluie a diminué d'intensité, et le soleil commence à se pointer le bout du nez. De l'autre côté de la paroi vitrée, des gens nous attendent. Je ne sais même pas qui sera là pour moi.

Mon oncle ? Un ami de ma mère biologique ? Un cousin éloigné ? Ce n'est pas clair, et mes parents ne se sont pas attardés sur son identité. Ils m'ont juste dit que, pour mon bien et pour que je cesse d'être si déprimée, il valait mieux que j'aille vivre chez cet homme et que je fasse ma deuxième secondaire* dans son coin de pays à lui.

Et cela, même s'il habite loin de toute civilisation… Sans blague, on est à quoi ? Des milliers de kilomètres de Montréal ? Je n'ai pas osé vérifier sur Google Maps. Ça me décourageait un

* Secondaire – Au Québec, on fréquente l'école secondaire pendant 5 ans (de la première à la cinquième), de 12 à 17 ans.

peu trop. Tout ce que je sais, c'est qu'il s'appelle Samuel Duguay et qu'il doit avoir à peu près l'âge de mes parents adoptifs.

La porte vitrée s'ouvre devant moi, et je pénètre dans la salle d'attente. Je m'arrête un peu trop subitement, et la dame derrière moi m'accroche. Elle jure tout bas et me regarde avec un air fâché.

Désolée, désolée… Je me bouge!

Je me colle sur le côté pour ne plus être dans le chemin, puis je reprends mon observation des lieux. Avec mon bonnet qui me cache la moitié des yeux et mes écouteurs dans les oreilles, je ne dois pas avoir l'air très engageante.

Pourtant, un homme se détache de la petite foule et s'avance vers moi. Il ne porte pas d'affiche où mon nom serait indiqué. Comment est-ce que je peux être certaine que c'est bien lui qui doit venir me chercher? Il ne doit pas s'être rasé depuis un siècle! Sa barbe part dans tous les sens, et là, je ne parle même pas de ses cheveux! Je me demande quand il a utilisé un peigne pour la dernière fois, lui.

Ça pourrait être un psychopathe!

Lundi 20 août

Ou juste un gars qui veut me demander l'heure…

Je retire un écouteur de mon oreille pour entendre ce qu'il a à me dire. L'homme se racle la gorge, visiblement mal à l'aise. Sa voix est tout de même très grave lorsqu'il me demande :

— Euh… Hum… Est-ce que c'est toi, Maélie ? Maélie Cyr ?

Je pince les lèvres et hoche la tête. Il semble aussi timide que moi, parce qu'il n'ajoute rien, saisit ma valise et…

… se sauve avec !

#LAFILLEDELILI

Je trottine derrière l'homme (le voleur de valise), sans oser lui demander s'il s'appelle bel et bien Samuel Duguay. Je ne le connais pas, mais c'est apparemment chez lui que je dois aller vivre. Si au moins j'avais pu voir une photo de lui... mais il n'est pas sur Facebook.

Je le sais. Ça, je l'ai vérifié...

Nous sortons, lui devant, moi derrière. J'ai de la difficulté à le rattraper. Je n'ai pas de très grandes jambes, alors que les siennes sont géantes ! L'air est plus frais en raison de la pluie, et le vent me frappe de plein fouet. J'aurais dû mettre une veste. Pourtant, on est encore en août. À Montréal, j'aurais eu super chaud avec ce simple t-shirt. Alors qu'ici...

Finalement, l'homme s'arrête devant un vieux pick-up dont il ouvre le coffre arrière. Il y lance sans ménagement ma valise, toujours sans dire quoi que ce soit.

Ouais... les prochains mois seront joyeux !

D'un autre côté, ça fait mon affaire, car je n'ai vraiment pas besoin de me faire dire quoi faire. J'ouvre la portière du côté passager et me hisse sur le siège. Puis, je joins les mains sur mes cuisses et me mets à jouer avec mes ongles. Comme j'ai le menton baissé, mes cheveux longs cachent une partie de mon visage. Mon bonnet fait le reste.

Le moteur gronde une, deux, trois fois avant de réussir à démarrer. Mouais. Ce n'est visiblement pas un camion de l'année. Mais ça, je l'aurais parié, avec les taches de rouille que j'ai vues un peu partout sur la carrosserie. J'espère juste que nous parviendrons à nous rendre jusqu'à… En soupirant, je me rappelle que je ne sais même pas où nous allons.

« Ça va te faire du bien, toute cette tranquillité », m'a soufflé ma mère adoptive avant de me pousser vers la file d'attente, à l'aéroport.

J'ai gardé mes doutes pour moi. Tout comme le reste. Mais ça, je préfère ne pas y penser.

Le camion s'engage sur une route bordée de hauts sapins. J'ai un peu chaud, en fin de compte, alors je cherche le bouton d'ouverture des fenêtres. Je ne le trouve pas. Un peu désemparée, je fronce les sourcils, quand un raclement de gorge me fait tourner la tête vers mon chauffeur. La voix toujours aussi rauque, il marmonne :

— Faut tourner la manivelle. Là, m'indique-t-il en pointant une drôle de poignée.

Je la saisis du bout des doigts, sans trop comprendre. Comment… ? Mais qu'est-ce que… ? Oh, je vois ! Il faut la tourner, ce qui fait baisser la fenêtre.

Okaaay… J'ai l'impression d'avoir atterri au siècle dernier, moi !

N'empêche, le vent est pareil partout, il faut croire, car il s'engouffre dans l'habitacle et me chatouille le visage. C'est agréable. Et je dois bien le dire : ça sent bon, par ici. Pas d'odeur de gaz, de fumée ou d'asphalte trop chaud. Ça sent… la forêt. La nature. L'herbe.

Je me penche vers la fenêtre ouverte et je ferme les yeux. Pas longtemps. À peine le temps de remarquer que le véhicule ralentit et qu'il tourne dans le parking d'un dépanneur*. Mais pas un dépanneur de quartier. Un ÉNORME dépanneur. Enfin… énorme pour le coin, quoi.

* Dépanneur – Petite épicerie de proximité.

L'homme éteint le moteur, hésite, puis finit par se tourner vers moi. Sans me regarder, il murmure :

— Je… faut que j'achète des trucs. Tu… tu viens ? Si t'as besoin de quelque chose, t'as qu'à le dire. Je… je payerai.

Là-dessus, il sort en me plantant là. Il est bizarre. Vraiment bizarre. C'est comme s'il n'avait pas parlé à qui que ce soit depuis des semaines. J'imagine que je le dérange et qu'accueillir une ado dans ses affaires ne lui fait pas plaisir. Les épaules basses, je finis par le suivre. Je pousse la porte, et une clochette annonce mon arrivée.

Il n'y a pas un chat dans le magasin. Même derrière le comptoir, il n'y a personne. Je fais quelques pas vers la première rangée, lorsqu'un grand gars surgit de celle-ci devant moi, un sourire collé au visage. Son sourire s'élargit encore davantage lorsqu'il m'aperçoit, tandis que je me renfrogne et baisse les yeux.

J'ai à peine eu le temps d'apercevoir ses yeux d'un bleu si pâle qu'ils paraissent blancs. C'est le genre de gars qui est beau et qui le sait, qui est sûr de lui et qui n'hésite pas à aborder une fille.

Même si c'est la première fois de sa vie qu'il la voit.

Zut, pourquoi fallait-il que ça tombe sur moi… ?

— Hé ! T'habites pas dans le coin, toi ! Ta famille vient d'emménager ? Ça va faire du bien de voir de nouveaux visages, parce que je t'avoue qu'y se passe pas grand-chose, par ici ! C'est ennuyeux à mourir. Surtout cet été. Alors, est-ce que je peux faire quelque chose pour toi ? me lance-t-il d'une traite, tandis que mes joues deviennent toutes chaudes.

Elles doivent être rouges. Je le sais, ça m'arrive tout le temps. Je suis timide. Extrêmement timide. Je n'y peux rien. Ça ne se guérit pas. Pour ne pas avoir à répondre, je secoue la tête et je recule vers la sortie. Je peux très bien attendre dehors, après tout. Mais au même moment, une voix retentit à l'autre bout du magasin :

— Lâche-la, Estéban, elle est avec moi. Elle est… C'est la fille de Lili.

— La fille de…, répète celui qui semble être l'employé, en me détaillant avec curiosité.

J'avais levé les yeux en entendant la voix de mon conducteur, mais je les baisse aussitôt devant le regard insistant d'Estéban. OK, qu'il cesse de me scruter à la loupe, lui ! Je ne suis pas une bestiole qu'on peut analyser ! Et surtout, je déteste être le centre de l'attention.

— Mais pourquoi tu es avec Sam ? me demande Estéban, toujours sans me lâcher des yeux.

— Parce que, répond simplement celui qui, en fin de compte, s'appelle bien Sam en s'approchant de nous, les mains pleines. Allez, travaille un peu si tu veux pas que je dise à ton oncle que tu passes ton temps à flâner.

Sans se laisser démonter, Estéban passe tout près de moi et contourne le comptoir. Il se met ensuite à scanner les articles de Sam, en me jetant de temps à autre des coups d'œil. Je reste figée sur place, les mains enfouies dans mes poches, ne sachant que dire ou que faire.

— Tu voulais rien ? me demande alors mon conducteur en tournant la tête vers moi.

— Non, je… je pense pas, dis-je tout bas.

— Oh, mais tu parles ! me lance Estéban, toujours aussi souriant.

— Combien ça fait ? l'interrompt Sam en sortant son portefeuille.

Il règle ses achats, puis tourne les talons pour sortir. Je m'apprête à le suivre quand Estéban s'adresse à moi une dernière fois :

— Attends, la fille de Lili ! C'est quoi ton nom, au fait ?

Les joues de plus en plus brûlantes, je n'ose pas le regarder. J'ai la gorge sèche, et tout ce que je veux, c'est partir de là en vitesse. Finalement, Sam sauve la mise en répondant à ma place, un pied dans la porte :

— Maélie, viens. Il va bientôt faire noir et il y a des tonnes de chevreuils, ces temps-ci. J'ai pas envie d'en heurter un.

— Maélie… c'est joli, ça, réplique Estéban sans se préoccuper du commentaire de Sam. Et ça te va vraiment très bien, lance-t-il alors que la porte se referme enfin derrière moi.

Je me dépêche de reprendre ma place dans la camionnette. Le silence du petit habitacle permet aux battements de mon cœur de se calmer. Et dans ma tête, je remercie Sam d'être si taciturne, parce que je ne suis certainement pas en état de faire la conversation.

#PASDELÉGUMES

C'est une maison en bois rond. Elle ressemble à un chalet construit sur deux étages. Sur la clôture du balcon, une vieille guirlande de Noël autrefois branchée a été abandonnée. C'est kitsch à souhait ! Rien à voir avec l'endroit où j'ai vécu toute ma vie, quoi ! Moi, j'ai toujours habité un loft ou un appartement, avec des fenêtres sur tous les murs et des pièces ouvertes. Alors que là…

Les plafonds sont inclinés, et heureusement que je suis petite parce que je risquerais de me cogner la tête un peu partout. La cuisine est désuète, avec à peine assez de place pour couper des carottes. Dans le salon, un vieux divan peu invitant trône dans un coin. Et sur ce dernier, il y a une vieille couverture en laine.

Je… je suis sans mots. Je voudrais pouvoir retourner chez moi. À toute vitesse. En fin de compte, je ne veux pas vivre ici, avec cet homme que je ne connais pas et qui est aussi peu bavard que moi. Dans ce coin perdu où les moustiques sont si gros qu'ils pourraient partir avec mon bras quand ils mordent dedans !

J'ai l'impression d'étouffer. Pourtant, ce n'est pas l'air qui manque, par ici. Il n'y a même que ça !

En plus, la maison de Sam est située à l'extérieur du village ; c'est dire si nous sommes au milieu de nulle part…

Ma valise dans une main, je n'ose pas bouger alors que mon hôte accroche son manteau sur un crochet, dans l'entrée. Il ne sait pas quoi dire, ça se voit. Même si ça semble lui demander beaucoup d'efforts, il se retourne vers moi et m'explique :

— Ta chambre est au deuxième. C'est la porte au fond du couloir. Tu peux aller t'installer. Moi, je… je vais faire le dîner. T'aimes les steaks ?

— Euh, ouais. C'est parfait, dis-je, même si moi, la viande, ça ne m'a jamais tellement plu.

Ce n'est pas le moment de me mettre à me plaindre de la bouffe. Je vois bien que Samuel fait des efforts pour m'accueillir.

Il hoche la tête et s'éloigne vers la cuisine, ses sacs dans les mains. Moi, je me dépêche de grimper à l'étage pour aller voir à quoi ressemblera ma chambre pour les prochains mois. La porte de celle-ci est ouverte, et je constate avec découragement qu'elle est minuscule. Je m'y attendais, mais en même temps j'espérais me tromper. Mon lit est collé contre le mur du fond et juste au-dessus, il y a une petite fenêtre. Dans le coin droit, j'ai droit à un meuble pour mettre mes vêtements. Voilà tout ce qui constituera mon univers, dorénavant. Même pas de placard.

La joie…

J'inspire un bon coup, puis je commence à placer mes affaires là où je peux. Cela fait, je m'assois sur le lit, qui se met à grincer atrocement. Comment je vais pouvoir dormir, dans ces conditions ?! En plus, on sent les ressorts du matelas.

Mais qu'est-ce que je fais ici, moi ???

Est-ce que je voulais à ce point m'éloigner de ma vie pour être prête à m'enterrer dans ce trou perdu ?

La réponse est évidemment oui…

Pour ne pas y penser, je me relève et je sors de la chambre, histoire de visiter les lieux. Mais au deuxième, il n'y a rien de plus qu'une seconde chambre – sûrement celle de Sam –, alors j'ai vite fait le tour. Je redescends donc sans plus attendre. Sam est en train de faire cuire les steaks. Ça sent bon. Je ne sais pas quelles épices il a mises dessus, mais je ne peux m'empêcher de saliver. Il faut dire que c'est rare que quelqu'un cuisine pour moi.

Toutefois, je constate vite que Samuel n'a pas prévu le moindre accompagnement. Je m'approche donc et lui demande :

— Est-ce que je peux t'aider ?

Il sursaute et se tourne vers moi.

— Ben… je… Non, je m'occupe des steaks.

— OK, mais je pourrais couper des légumes, si tu veux. Il y en a ?

— Des légumes ? Euh… je… j'ai pas pensé à…

Je me mords les lèvres, ne sachant que dire. Je ne suis pas douée pour communiquer. Je suis bien meilleure pour agir. Alors, j'ouvre la porte du réfrigérateur, je jette un œil dans le tiroir à légumes et j'en sors quelques patates, un vieux brocoli et le reste d'une vieille laitue iceberg. Je ne sais pas depuis quand ces aliments sont là, mais puisqu'ils semblent encore comestibles, autant les utiliser maintenant.

Je me mets à la tâche sans attendre, tandis que Sam me fait un peu de place sur le plan de travail. Le silence est comblé par le grésillement de la viande qui saute dans la poêle et le bruit de la hotte, en haut de la cuisinière.

Une fois que tout est prêt, je dresse les assiettes et Sam y dépose les steaks. Puis, nous apportons chacun notre repas à la table, où nous nous assoyons. C'est étrange. Je n'ai jamais cuisiné avec mes parents adoptifs. Ils n'étaient pas souvent à la maison, et je me débrouillais généralement toute seule. Presque tout le temps, en fait. J'y étais habituée.

J'ai l'impression que les choses seront différentes, avec Sam. Je ne sais pas ce qu'il fait comme travail, mais il ne semble pas être obsédé par son boulot, comme mes parents. Et il est calme. Posé. Il me fait penser à quelqu'un. À moi, en fait.

Je ne sais pas si nous allons bien nous entendre, mais une chose est sûre, nous ne risquons pas de nous taper sur les nerfs. Enfin, je l'espère. J'en suis là dans mes pensées quand la voix de mon hôte s'élève entre nous :

— Cette semaine, j'irai en ville pour y faire de vraies courses. Si tu me fais une liste, je prendrai ce que t'aimes. Je savais pas trop, alors…

— Pas de souci. Je suis pas difficile, lui dis-je en remarquant son malaise.

— Hum… y a aussi l'école qui commence bientôt. Faudrait t'acheter ton matériel et t'inscrire. Je l'ai pas encore fait parce que… parce que je savais pas que… Enfin, maintenant que t'es là, on va régler tout ça.

Je hoche la tête, le ventre noué. L'école. De mauvais souvenirs me reviennent. Je ne me lie pas facilement avec les autres, et l'école a toujours été difficile pour moi. Pas en ce qui concerne l'apprentissage, non… C'est plutôt avec mes camarades de classe que ça ne fonctionnait pas.

Sam finit par se lever, mais dès qu'il dépose son assiette dans l'évier, il me lance, sans me regarder :

— Tu sais, Estéban, il est pas méchant, mais… Prends pas trop au sérieux ce qu'il te raconte. Par ici, il est pas reconnu pour sa stabilité. Et sa famille est… Disons qu'on n'est pas en si bons termes.

Mon cœur se remet à battre plus vite. Pourquoi est-ce qu'il me parle d'Estéban ? C'est à peine si nous avons échangé trois mots, lui et moi !

À suivre…